২৬১৩

৪°Y²
৩৪৪

JULES VERNE

L'ARCHIPEL EN FEU

SSINS PAR L. BENETT

COLLECTION HETZEL

LES VOYAGES EXTRAORDINAIRES

L'ARCHIPEL EN FEU

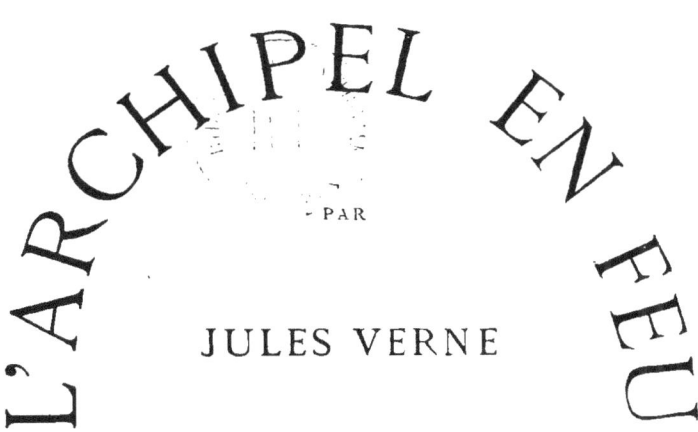

PAR

JULES VERNE

ILLUSTRATIONS PAR BENETT AVEC GRANDES GRAVURES EN COULEURS

COLLECTION HETZEL

PARIS. 18, RUE JACOB (VIᵉ)

1

L'ARCHIPEL EN FEU

NAVIRE AU LARGE.

Le 18 octobre 1827, vers cinq heures du soir, un petit bâtiment levantin serrait le vent pour essayer d'atteindre avant la nuit le port de Vitylo, à l'entrée du golfe de Coron.

Ce port, l'ancien OEtylos d'Homère, est situé dans l'une de ces trois profondes indentations qui découpent, sur la mer Ionienne et sur la mer Égée, cette feuille de platane, à laquelle on a très justement comparé la Grèce méridionale. Sur cette feuille se développe l'antique Péloponnèse, la Morée de la géographie moderne. La première de ces dentelures, à l'ouest, c'est le golfe de Coron, ouvert entre la Messénie et le Magne; la seconde, c'est le golfe de Marathon, qui échancre largement le littoral de la sévère Laconie; le troisième, c'est le golfe de Nauplie, dont les eaux séparent cette Laconie de l'Argolide.

Au premier de ces trois golfes appartient le port de Vitylo. Creusé à la lisière de sa rive orientale, au fond d'une anse irrégulière, il occupe les premiers contreforts maritimes du Taygète, dont le prolongement orographique forme l'ossature de ce pays du Magne. La sûreté de ses fonds, l'orientation de ses passes, les hauteurs qui le couvrent, en font l'un des meilleurs refuges d'une côte incessamment battue par tous les vents de ces mers méditerranéennes.

Le bâtiment, qui s'élevait, au plus près, contre une assez fraîche brise de nord-nord-ouest, ne pouvait être visible des quais de Vitylo. Une distance de six à sept milles l'en séparait encore. Bien que le temps fût très clair, c'est à peine si la bordure de ses plus hautes voiles se découpait sur le fond lumineux de l'extrême horizon.

Mais ce qui ne pouvait se voir d'en bas pouvait se voir d'en haut, c'est-à-dire du sommet de ces crêtes qui dominent le village. Vitylo est construit en amphithéâtre sur d'abruptes roches que défend l'ancienne acropole de Kélapha. Au-dessus se dressent quelques vieilles tours en ruine, d'une origine postérieure à ces curieux débris d'un temple de Sérapis, dont les colonnes et les chapiteaux d'ordre ionique ornent encore l'église de Vitylo. Près de ces tours s'élèvent aussi deux ou trois petites chapelles peu fréquentées, desservies par des moines.

Ici, il convient de s'entendre sur ce mot « desservies » et même sur cette qualification de « moine, » appliquée aux caloyers de la côte messénienne. L'un d'eux, d'ailleurs, qui venait de quitter sa chapelle, va pouvoir être jugé d'après nature.

A cette époque, la religion, en Grèce, était encore un singulier mélange des légendes du paganisme et des croyances du christianisme. Bien des fidèles regardaient les déesses de l'antiquité comme des saintes de la religion nouvelle. Actuellement même, ainsi que l'a fait remarquer M. Henry Belle, « ils amalgament les demi-dieux avec les saints, les farfadets des vallons enchantés avec les anges du paradis, invoquant aussi bien les sirènes et les furies que la Panagia. » De là, certaines pratiques bizarres, des anomalies qui font sourire, et, parfois, un clergé fort empêché de débrouiller ce chaos peu orthodoxe.

Pendant le premier quart de ce siècle, surtout, — il y a quelque cinquante ans, époque à laquelle s'ouvre cette histoire, — le clergé de la péninsule hellénique était plus ignorant encore, et les moines, insouciants, naïfs, familiers, « bons enfants, » paraissaient assez peu aptes à diriger des populations naturellement superstitieuses.

Si même ces caloyers n'eussent été qu'ignorants! Mais, en certaines parties de la Grèce, surtout dans les régions sauvages du Magne, mendiants par nature et par nécessité, grands quémandeurs de drachmes que leur jetaient parfois de charitables voyageurs, n'ayant pour toute occupation que de donner à baiser aux fidèles quelque apocryphe image de saint ou d'entretenir la lampe d'une niche de sainte, désespérés du peu de rendement des dîmes, confessions, enterrements et baptêmes, ces pauvres gens, recrutés d'ailleurs dans les plus basses classes, ne répugnaient point à faire le métier de guetteurs, — et quels guetteurs! — pour le compte des habitants du littoral.

Aussi, les marins de Vitylo, étendus sur le port à la façon de ces lazzaroni auxquels il faut des heures pour se reposer d'un travail de quelques minutes, se levèrent-ils, lorsqu'ils virent un de leurs caloyers descendre rapidement vers le village, en agitant les bras.

C'était un homme de cinquante à cinquante-cinq ans, non seulement gros, mais gras de cette graisse que produit l'oisiveté, et dont la physionomie rusée ne pouvait inspirer qu'une médiocre confiance.

« Eh! qu'y a-t-il, père, qu'y a-t-il? » s'écria l'un des marins, en courant vers lui.

Le Vitylien parlait de ce ton nasillard qui ferait croire que Nason a été un des ancêtres des Hellènes, et dans ce patois maniote, où le grec, le turc, l'italien et l'albanais se mélangent, comme s'il eût existé au temps de la tour de Babel.

« Est-ce que les soldats d'Ibrahim ont envahi les hauteurs du Taygète? demanda un autre marin, en faisant un geste d'insouciance qui marquait assez peu de patriotisme.

— A moins que ce ne soient des Français, dont nous n'avons que faire! répondit le premier interlocuteur.

— Ils se valent! » répliqua un troisième.

Et cette réponse indiquait combien la lutte, alors dans sa plus terrible période, n'intéressait que légèrement ces indigènes de l'extrême Péloponnèse, bien différents des Maniotes du Nord, qui marquèrent si brillamment dans la guerre de l'Indépendance.

Mais le gros caloyer ne pouvait répliquer ni à l'un ni à l'autre. Il s'était essoufflé à descendre les rapides rampes de la falaise. Sa poitrine d'asthmatique haletait. Il voulait parler, il n'y parvenait pas. Au moins, l'un de ses ancêtres en Hellade, le soldat de Marathon, avant de tomber mort, avait-il pu annoncer la victoire de Miltiade. Mais il ne s'agissait plus de Miltiade ni de la guerre des Athéniens et des Perses. C'étaient à peine des Grecs, ces farouches habitants de l'extrême pointe du Magne.

« Eh! parle donc, père, parle donc! » s'écria un vieux marin, nommé Gozzo, plus impatient que les autres, comme s'il eût deviné ce que venait annoncer le moine.

Celui-ci parvint enfin à reprendre haleine. Puis, tendant la main vers l'horizon :

« Navire en vue! » dit-il.

Et, sur ces mots, tous les fainéants de se redresser, de battre des mains, de courir vers un rocher qui dominait le port. De là, leur regard pouvait embrasser la pleine mer sur un plus vaste secteur.

Un étranger aurait pu croire que ce mouvement était provoqué par l'intérêt que tout navire, arrivant du large, doit naturellement inspirer à des marins fanatiques des choses de la mer. Il n'en était rien, ou, plutôt, si une question d'intérêt pouvait passionner ces indigènes, c'était à un point de vue tout spécial.

En effet, au moment où s'écrit, — non au moment où se passait cette histoire, — le Magne est encore un pays à part au milieu de la Grèce, redevenue royaume indépendant de par la volonté des puissances européennes, signataires du traité d'Andrinople de 1829. Les Maniotes, ou tout au moins ceux de ce nom qui vivent sur ces pointes allongées entre les golfes, sont restés à demi barbares, plus soucieux de leur liberté propre que de la liberté de leur pays. Aussi cette langue extrême de la Morée inférieure a-t-elle été, de tout temps, presque impossible à réduire. Ni les janissaires turcs, ni les gendarmes grecs n'ont pu en avoir raison. Querelleurs, vindicatifs, se transmettant, comme les Corses, des haines de familles, qui ne peuvent s'éteindre que dans le sang, pillards de naissance et pourtant hospitaliers, assassins, lorsque le vol exige l'assassinat, ces rudes montagnards ne s'en disent pas moins les descendants directs des Spartiates ; mais, enfermés dans ces ramifications du Taygète, où l'on compte par milliers de ces petites citadelles ou « pyrgos » presque inaccessibles, ils jouent trop volontiers le rôle équivoque de ces routiers du moyen âge dont les droits féodaux s'exerçaient à coups de poignard et d'escopette.

Or, si les Maniotes, à l'heure qu'il est, sont encore des demi-sauvages, il est aisé de s'imaginer ce qu'ils devaient être, il y a cinquante ans. Avant que les croisières des bâtiments à vapeur n'eussent singulièrement enrayé leurs déprédations sur mer, pendant le premier tiers de ce siècle, ce furent bien les plus déterminés pirates que les navires de commerce pussent redouter sur toutes les Échelles du Levant.

Et précisément, le port de Vitylo, par sa situation à l'extrémité du Péloponnèse, à l'entrée de deux mers, par sa proximité de l'île de Cérigotto, chère aux forbans, était bien placé pour s'ouvrir à tous ces malfaiteurs qui écumaient l'Archipel et les parages voisins de la Méditerranée. Le point de concentration des habitants de cette partie du Magne portait plus spécialement alors le nom de pays de Kakovonni, et les Kakovonniotes, à cheval sur cette pointe que termine le cap Matapan, se trouvaient à l'aise pour opérer. En mer, ils attaquaient les navires. A terre, ils les attiraient par de faux signaux. Partout, ils les pillaient et les brûlaient. Que leurs équipages fussent turcs, maltais, égyptiens, grecs même, peu importait : ils étaient impitoyablement massacrés ou vendus comme esclaves sur les côtes barbaresques. La besogne venait-elle à chômer, les caboteurs se faisaient-ils rares dans les parages du golfe de Coron ou du golfe de Marathon, au large de Cérigo ou du cap Gallo, des prières publiques montaient vers le Dieu des tempêtes, afin qu'il daignât mettre au plein quelque bâtiment de fort tonnage et de riche cargaison. Et les caloyers ne se refusaient point à ces prières, pour le plus grand profit de leurs fidèles.

Or, depuis quelques semaines, le pillage n'avait pas donné. Aucun bâtiment n'était venu atterrir sur les rivages du Magne. Aussi, fut-ce comme une explosion de joie, lorsque le moine eut laissé échapper ces mots, entrecoupés de halètements asthmatiques :

« Navire en vue ! »

Presque aussitôt se firent entendre les battements sourds de la simandre, sorte de cloche de bois à lame de fer, en usage dans ces provinces, où les Turcs ne permettent pas l'emploi des cloches de métal. Mais ces lugubres coupetées suffisaient à rassembler une population avide, hommes, femmes, enfants, chiens féroces et redoutés, tous également propres au pillage et au massacre.

Cependant les Vityliens, réunis sur le haut rocher, discutaient à grands cris. Qu'était ce bâtiment signalé par le caloyer ?

Avec la brise de nord-nord-ouest qui fraîchissait à la tombée de la nuit, ce navire, bâbord amures, filait rapidement. Il pouvait même se faire qu'il enlevât le cap Matapan à la bordée. D'après sa direction, il semblait venir des parages de la Crète. Sa coque commençait à se montrer au-dessus du sillage blanc qu'il laissait après lui ; mais l'ensemble de ses voiles ne formait encore qu'une masse confuse à l'œil. Il était donc difficile de reconnaître à quel genre de bâtiment il appartenait. De là, des propos qui se contredisaient d'une minute à l'autre.

« C'est un chébec ! disait l'un des marins. Je viens de voir les voiles carrées de son mât de misaine !

— Eh non ! répondait un autre, c'est une pinque ! Voyez son arrière relevé et le renflement de son étrave !

— Chébec ou pinque ! Eh ! qui prétendrait pouvoir les distinguer l'un de l'autre à pareille distance ?

— Ne serait-ce pas plutôt une polacre à voiles carrées ? fit observer un autre marin, qui s'était fait une longue-vue de ses deux mains à demi fermées.

— Que Dieu nous vienne en aide ! répondit le vieux Gozzo. Polacre, chébec ou pinque, ce sont autant de trois-mâts, et mieux valent trois mâts que deux, lorsqu'il s'agit d'atterrir sur nos parages avec une bonne cargaison de vins de Candie ou d'étoffes de Smyrne ! »

Sur cette observation judicieuse, on regarda plus attentivement encore. Le navire se rapprochait et grossissait peu à peu ; mais, précisément parce qu'il serrait le vent de très près, on ne pouvait l'apercevoir par le travers. Il eût donc été malaisé de dire s'il portait deux ou trois mâts, c'est-à-dire si l'on pouvait espérer que son tonnage fût ou non considérable.

« Eh : la misère est pour nous et le diable s'en mêle ! dit Gozzo, en lançant un de ces jurons polyglottes dont il accentuait toutes ses phrases. Nous n'aurons là qu'une felouque...

— Ou même un speronare! » s'écria le caloyer, non moins désappointé que ses ouailles.

Si des cris de désappointement accueillirent ces deux observations, il est inutile d'y insister. Mais, quel que fût ce bâtiment, on pouvait déjà estimer qu'il ne devait pas jauger plus de cent à cent vingt tonneaux. Après tout, peu importait que sa cargaison ne fût pas énorme, si elle était riche. Il y a de ces simples felouques, de ces speronares même, qui sont chargés de vins précieux, d'huiles fines ou de tissus de prix. Dans ce cas, ils valent la peine d'être attaqués et rapportent gros pour une mince besogne! Il ne fallait donc pas encore désespérer. D'ailleurs les anciens de la bande, très entendus en cette matière, trouvaient à ce bâtiment une certaine allure élégante, qui prévenait en sa faveur.

Cependant, le soleil commençait à disparaître derrière l'horizon dans l'ouest de la mer Ionienne; mais le crépuscule d'octobre devait laisser assez de lumière, pendant une heure encore, pour que ce navire pût être reconnu avant la nuit close. D'ailleurs, après avoir doublé le cap Matapan, il venait d'arriver de deux quarts afin de mieux ouvrir l'entrée du golfe, et il se présentait dans de meilleures conditions au regard des observateurs.

Aussi, ce mot : sacolève! s'échappa-t-il, un instant après, de la bouche du vieux Gozzo.

« Une sacolève! » s'écrièrent ses compagnons, dont le désappointement se traduisit par une bordée de jurons.

Mais, à ce sujet, il n'y eut aucune discussion, parce qu'il n'y avait pas d'erreur possible. Le navire, qui manœuvrait à l'entrée du golfe de Coron, était bien une sacolève. Après tout, ces gens de Vitylo avaient tort de crier à la malechance. Il n'est pas rare de trouver quelque cargaison précieuse à bord de ces sacolèves.

On appelle ainsi un bâtiment levantin de médiocre tonnage, dont la tonture, c'est-à-dire la courbe du pont, s'accentue légèrement en se relevant vers l'arrière. Il grée sur ses trois mâts à pibles des voiles auriques. Son grand mât, très incliné sur l'avant et placé au centre, porte une voile latine, une fortune, un hunier avec un perroquet volant. Deux focs à l'avant, deux voiles en pointe sur les deux mâts inégaux de l'arrière, complètent sa voilure, qui lui donne un singulier aspect. Les peintures vives de sa coque, l'élancement de son étrave, la variété de sa mâture, la coupe fantaisiste de ses voiles, en font un des plus curieux spécimens de ces gracieux navires qui

« Qu'y a-t-il, père, qu'y a-t-il? » (Page 3.

louvoient par centaines dans les étroits parages de l'Archipel. Rien de plus
élégant que ce léger bâtiment, se couchant et se redressant à la lame, se couron-
nant d'écume, bondissant sans effort, semblable à quelque énorme oiseau,
dont les ailes eussent rasé la mer, qui brasillait alors sous les derniers rayons
du soleil.

Bien que la brise tendît à fraîchir et que le ciel se couvrît d' « échillons »,
nom que les Levantins donnent à certains nuages de leur ciel, — la sacolève
ne diminuait rien de sa voilure. Elle avait même conservé son perroquet
volant, qu'un marin moins audacieux eût certainement amené. Évidemment,

Le capitaine s'était croisé les bras. » (Page 15.)

c'était dans l'intention d'atterrir, le capitaine ne se souciant pas de passer la nuit sur une mer déjà dure et qui menaçait de grossir encore.

Mais, si, pour les marins de Vitylo, il n'y avait plus aucun doute sur ce point que la sacolève donnait dans le golfe, ils ne laissaient pas de se demander si ce serait à destination de leur port.

« Eh! s'écria l'un d'eux, on dirait qu'elle cherche toujours à pincer le vent au lieu d'arriver!

— Le diable la prenne à sa remorque! répliqua un autre. Va-t-elle donc virer et reprendre un bord au large?

— Est-ce qu'elle ferait route pour Coron ?

— Ou pour Kalamatá ? »

Ces deux hypothèses étaient également admissibles. Coron est un port de la côte maniote assez fréquenté par les navires de commerce du Levant, et il s'y fait une importante exportation des huiles de la Grèce du sud. De même pour Kalamata, située au fond du golfe, dont les bazars regorgent de produits manufacturés, étoffes ou poteries, que lui envoient les divers États de l'Europe occidentale. Il était donc possible que la sacolève fût chargée pour l'un de ces deux ports, — ce qui eût fort déconcerté ces Vityliens, en quête de déprédations et pillages.

Pendant qu'elle était observée avec une attention si peu désintéressée, la sacolève filait rapidement. Elle ne tarda pas à se trouver à la hauteur de Vitylo. Ce fut l'instant où son sort allait se décider. Si elle continuait à s'élever vers le fond du golfe, Gozzo et ses compagnons devraient perdre tout espoir de s'en emparer. En effet, même en se jetant dans leurs plus rapides embarcations, ils n'auraient eu aucune chance de l'atteindre, tant sa marche était supérieure sous cette énorme voilure qu'elle portait sans fatigue.

« Elle arrive ! »

Ces deux mots furent bientôt jetés par le vieux marin, dont le bras, armé d'une main crochue, se lança vers le petit bâtiment comme un grappin d'abordage.

Gozzo ne se trompait pas. La barre venait d'être mise au vent, et la sacolève laissait maintenant porter sur Vitylo. En même temps, son perroquet volant et son second foc furent amenés ; puis, son hunier se releva sur ses cargues. Ainsi soulagée d'une partie de ses voiles, elle était bien plus dans la main de l'homme de barre.

Il commençait alors à faire nuit. La sacolève n'avait plus que juste le temps de donner dans les passes de Vitylo. Il y a, de ci de là, des roches sous-marines qu'il faut éviter, sous peine de courir à une destruction complète. Pourtant, le pavillon de pilote n'avait point été hissé au grand mât du petit bâtiment. Il fallait donc que son capitaine connût parfaitement ces fonds assez dangereux, puisqu'il s'y aventurait, sans demander assistance. Peut-être aussi se méfiait-il — à bon droit — des pratiques Vityliens, qui ne se seraient point gênés de le mettre sur quelque basse, où nombre de navires s'étaient déjà perdus.

Du reste, à cette époque, aucun phare n'éclairait les côtes de cette portion du Magne. Un simple feu de port servait à gouverner dans l'étroit chenal.

La sacolève s'approchait, cependant. Elle ne fut bientôt plus qu'à un demi-mille de Vitylo. Elle atterrissait sans hésitation. On sentait qu'une main habile la manœuvrait.

Cela n'était pas pour satisfaire tous ces mécréants. Ils avaient intérêt à ce que le navire qu'ils convoitaient se jetât sur quelque roche. En ces conjonctures, l'écueil se faisait volontiers leur complice. Il commençait la besogne, et ils n'avaient plus qu'à l'achever. Le naufrage d'abord, le pillage ensuite : c'était leur façon d'agir. Cela leur épargnait une lutte à main armée, une agression directe, dont quelques-uns d'entre eux pouvaient être victimes. Il y avait, en effet, de ces bâtiments, défendus par un courageux équipage, qui ne se laissaient point impunément attaquer.

Les compagnons de Gozzo quittèrent donc leur poste d'observation et redescendirent au port, sans perdre un instant. En effet, il s'agissait de mettre en œuvre ces machinations familières à tous les pilleurs d'épaves, qu'ils soient du Ponant ou du Levant.

De faire échouer la sacolève dans les étroites passes du chenal, en lui indiquant une fausse direction, rien n'était plus aisé au milieu de cette obscurité, qui, sans être profonde encore, l'était assez pour rendre ses évolutions difficiles.

« Au feu de port! » dit simplement Gozzo, auquel ses compagnons avaient l'habitude d'obéir sans hésiter.

Le vieux marin fut compris. Deux minutes après, ce feu, — une simple lanterne, allumée à l'extrémité d'un mâtereau élevé sur le petit môle, — s'éteignait subitement.

Au même instant, ce feu était remplacé par un autre feu, qui fut placé tout d'abord dans la même direction; mais, si le premier, immobile sur le môle, indiquait un point toujours fixe pour le navigateur, le second, grâce à sa mobilité, devait l'entraîner hors du chenal et l'exposer à donner contre quelque écueil.

Ce feu, en effet, c'était une lanterne, dont la lumière ne différait point de celle du feu de port; mais cette lanterne avait été accrochée aux cornes d'une chèvre, que l'on poussait lentement sur les premières rampes de la falaise. Elle se déplaçait donc avec l'animal et devait engager la sacolève en de fausses manœuvres.

Ce n'était pas la première fois que les gens de Vitylo agissaient de la sorte. Non certes! Et il était même rare qu'ils eussent échoué dans leurs criminelles entreprises.

Cependant, la sacolève venait d'entrer dans la passe. Après avoir cargué sa grande voile, elle ne portait plus que ses voiles latines de l'arrière et son foc. Cette voilure réduite devait lui suffire pour arriver à son poste de mouillage.

A l'extrême surprise des marins qui l'observaient, le petit bâtiment s'avançait avec une incroyable sûreté, à travers les sinuosités du chenal. De cette lumière mobile que portait la chèvre, il ne semblait en aucune façon se préoccuper. Il eût fait grand jour que sa manœuvre n'aurait pas été plus correcte. Il fallait que son capitaine eût souvent pratiqué les approches de Vitylo, et qu'il les connût au point de pouvoir s'y aventurer, même au milieu d'une nuit profonde.

Déjà on l'apercevait, ce hardi marin. Sa silhouette se détachait nettement dans l'ombre sur l'avant de la sacolève. Il était enveloppé dans les larges plis de son aba, sorte de manteau de laine, dont le capuchon retombait sur sa tête. En vérité, ce capitaine, dans son attitude, n'avait rien de ces modestes patrons de caboteurs, qui, pendant la manœuvre, dévident incessamment entre leurs doigts un chapelet à gros grains, tels qu'il s'en rencontre le plus communément sur les mers de l'Archipel. Non! Celui-ci, d'une voix basse et calme, ne s'occupait qu'à transmettre ses ordres au timonier, placé à l'arrière du petit bâtiment.

En ce moment, la lanterne, promenée sur les rampes de la falaise, s'éteignit tout à coup. Mais cela ne fut pas pour embarrasser la sacolève, qui continua à suivre imperturbablement sa route. Un instant, on put croire qu'une embardée allait l'envoyer contre une dangereuse roche, placée à fleur d'eau, à une encablure du port, et qu'il n'était guère possible de voir dans l'ombre. Un léger coup de barre suffit à modifier sa direction, et l'écueil, rasé de près, fut évité.

Même adresse du timonier, quand il fut nécessaire de parer une seconde basse, qui ne laissait qu'un étroit passage à travers le chenal, — basse sur laquelle plus d'un navire avait déjà touché en venant au mouillage, que son pilote fût ou non le complice des Vityliens.

Ceux-ci n'avaient donc plus à compter sur les chances d'un naufrage, qui leur eût livré la sacolève sans défense. Avant quelques minutes, elle serait ancrée dans le port. Pour s'en emparer, il faudrait nécessairement la prendre à l'abordage.

C'est ce qui fut résolu, après entente préalable de ces coquins, c'est ce qui allait être mis en œuvre au milieu d'une obscurité très favorable à ce genre d'opération.

« Aux canots! » dit le vieux Gozzo, dont les ordres n'étaient jamais discutés, surtout quand il commandait le pillage.

Une trentaine d'hommes vigoureux, les uns armés de pistolets, la plupart brandissant poignards et haches, se jetèrent dans les canots amarrés au quai, et s'avancèrent en nombre évidemment supérieur à celui des hommes de la sacolève.

A cet instant, un commandement fut fait à bord d'une voix brève. La sacolève, après être sortie du chenal, se trouvait au milieu du port. Ses drisses furent larguées, son ancre venait d'être mouillée, et elle demeura immobile, après une dernière secousse produite au rappel de sa chaîne.

Les embarcations n'en étaient plus alors qu'à quelques brasses. Même sans montrer une défiance exagérée, tout équipage, connaissant la mauvaise réputation des gens de Vitylo, se fût armé, afin d'être, le cas échéant, en état de défense.

Ici, il n'en fut rien. Le capitaine de la sacolève, après le mouillage, était repassé de l'avant à l'arrière, pendant que ses hommes, sans se préoccuper de l'arrivée des canots, s'occupaient tranquillement à ranger les voiles, afin de débarrasser le pont.

Seulement, on aurait pu observer que ces voiles, ils ne les serraient point, de manière qu'il n'y eût plus qu'à peser sur les drisses pour se remettre en appareillage.

Le premier canot accosta la sacolève par sa hanche de bâbord. Les autres la heurtèrent presque aussitôt. Et, comme ses pavois étaient peu élevés, les assaillants, poussant des cris de mort, n'eurent qu'à les enjamber pour se trouver sur le pont.

Les plus enragés se précipitèrent vers l'arrière. L'un deux saisit un falot allumé, et il le porta à la figure du capitaine.

Celui-ci, d'un mouvement de main, fit retomber son capuchon sur ses épaules, et sa figure apparut en pleine lumière.

« Eh! dit-il, les gens de Vitylo ne reconnaissent donc plus leur compatriote Nicolas Starkos? »

Le capitaine, en parlant ainsi, s'était tranquillement croisé les bras. Un instant après, les canots, débordant à toute vitesse, avaient regagné le fond du port.

II

EN FACE L'UN DE L'AUTRE.

Dix minutes plus tard, une légère embarcation, un gig, quittait la sacolève et déposait au pied du môle, sans aucun compagnon, sans aucune arme, cet homme devant lequel les Vityliens venaient de battre si prestement en retraite.

C'était le capitaine de la *Karysta*, — ainsi se nommait le petit bâtiment qui venait de mouiller dans le port.

Cet homme, de moyenne taille, laissait voir un front haut et fier sous son épais bonnet de marin. Dans ses yeux durs, un regard fixe. Au-dessus de sa lèvre, des moustaches de Klephte, tendues horizontalement, finissant en grosse touffe, non en pointe. Sa poitrine était large, ses membres vigoureux. Ses cheveux noirs tombaient en boucles sur ses épaules. S'il avait dépassé trente-cinq ans, c'était à peine de quelques mois. Mais son teint hâlé par les brises, la dureté de sa physionomie, un pli de son front, creusé comme un sillon dans lequel rien d'honnête ne pouvait germer, le faisaient paraître plus vieux que son âge.

Quant au costume qu'il portait alors, ce n'était ni la veste, ni le gilet, ni la fustanelle du Palikare. Son cafetan, à capuchon de couleur brune, brodé de soutaches peu voyantes, son pantalon verdâtre, à larges plis, perdu dans des bottes montantes, rappelaient plutôt l'habillement du marin des côtes barbaresques.

Et cependant, Nicolas Starkos était bien Grec de naissance et originaire de ce port de Vitylo. C'était là qu'il avait passé les premières années de sa jeunesse. Enfant et adolescent, c'était entre ces roches qu'il avait fait l'apprentissage de la vie de mer. C'était sur ces parages qu'il avait navigué au hasard des courants et des vents. Pas une anse dont il n'eût vérifié le brassiage et les accores. Pas un écueil, pas une banche, pas une roche sous-marine, dont le relèvement lui fût inconnu. Pas un détour du chenal, dont il ne fût capable de suivre, sans compas ni pilote, les sinuosités multiples. Il est donc facile de comprendre comment, en dépit des faux signaux de ses compatriotes, il avait pu diriger la sacolève avec cette sûreté de main. D'ailleurs, il savait combien les Vityliens étaient sujets à caution. Déjà il les avait vus à l'œuvre. Et peut-être, en somme, ne désapprouvait-il pas leurs instincts de pillards, du moment qu'il n'avait point eu à en souffrir personnellement.

Mais, s'il les connaissait, Nicolas Starkos était également connu d'eux. Après la mort de son père, qui fut l'une de ces milliers de victimes de la cruauté des Turcs, sa mère, affamée de haine, n'attendit plus que l'heure de se jeter dans le premier soulèvement contre la tyrannie ottomane. Lui, à dix-huit ans, il avait quitté le Magne pour courir les mers, et plus particulièrement l'Archipel, se formant non seulement au métier de marin, mais aussi au métier de pirate. A bord de quels navires avait-il servi pendant cette période de son existence, quels chefs de flibustiers ou de forbans l'eurent sous leurs ordres, sous quel pavillon fit-il ses premières armes, quel sang répandit sa main, le sang des ennemis de la Grèce ou le sang de ses défenseurs, — celui-là même qui coulait dans ses veines, — nul que lui n'aurait pu le dire. Plusieurs fois, cependant, on l'avait revu dans les divers ports du golfe de Coron. Quelques-uns de ses compatriotes avaient pu raconter ses hauts faits de piraterie, auxquels ils s'étaient associés, navires de commerce attaqués et détruits, riches cargaisons changées en parts de prises! Mais un certain mystère entourait le nom de Nicolas Starkos. Toutefois, il était si avantageusement connu dans les provinces du Magne que, devant ce nom, tous s'inclinèrent.

Ainsi s'explique la réception qui fut faite à cet homme par les habitants de Vitylo, pourquoi il leur imposa rien que par sa présence, comment tous abandonnèrent ce projet de piller la sacolève, lorsqu'ils eurent reconnu celui qui la commandait.

Dès que le capitaine de la *Karysta* eut accosté le quai du port, un peu en arrière du môle, hommes et femmes, accourus pour le recevoir, se rangèrent respectueusement sur son passage. Lorsqu'il débarqua, pas un cri ne fut proféré. Il semblait que Nicolas Starkos eût assez de prestige pour commander le silence autour de lui rien que par son aspect. On attendait qu'il

3

parlât, et, s'il ne parlait pas, — ce qui était possible, — nul ne se permettrait de lui adresser la parole.

Nicolas Starkos, après avoir commandé aux matelots de son gig de retourner à bord, s'avança vers l'angle que le quai forme au fond du port. Mais, à peine avait-il fait une vingtaine de pas dans cette direction qu'il s'arrêta. Puis, avisant le vieux marin qui le suivait, comme s'il eût attendu quelque ordre à exécuter:

« Gozzo, dit-il, j'aurai besoin de dix hommes vigoureux pour compléter mon équipage.

— Tu les auras, Nicolas Starkos, » répondit Gozzo.

Le capitaine de la *Karysta* en eût voulu cent qu'il les eût trouvés, à prendre au choix, parmi cette population maritime. Et ces cent hommes, sans demander où on les menait, à quel métier on les destinait, pour le compte de qui ils allaient naviguer ou se battre, auraient suivi leur compatriote, prêts à partager son sort, sachant bien que d'une façon ou de l'autre ils y trouveraient leur compte.

« Que ces dix hommes, dans une heure, soient à bord de la *Karysta*, ajouta le capitaine.

— Ils y seront, » répondit Gozzo.

Nicolas Starkos, indiquant d'un geste qu'il ne voulait point être accompagné, remonta le quai qui s'arrondit à l'extrémité du môle, et s'enfonça dans une des étroites rues du port.

Le vieux Gozzo, respectant sa volonté, revint vers ses compagnons, et ne s'occupa plus que de choisir les dix hommes destinés à compléter l'équipage de la sacolève.

Cependant, Nicolas Starkos s'élevait peu à peu sur les pentes de cette falaise abrupte qui supporte le bourg de Vitylo. A cette hauteur, on n'entendait d'autre bruit que l'aboiement de chiens féroces, presque aussi redoutables aux voyageurs que les chacals et les loups, chiens aux formidables mâchoires, à large face de dogue, que le bâton n'effraye guère. Quelques goélands tourbillonnaient dans l'espace, à petits coups de leurs larges ailes, en regagnant les trous du littoral.

Bientôt, Nicolas Starkos eut dépassé les dernières maisons de Vitylo. Il prit alors le rude sentier qui contourne l'acropole de Kérapha. Après avoir longé les ruines d'une citadelle, qui fut jadis élevée en cet endroit par Ville-Hardouin, au temps où les Croisés occupaient divers points du Péloponnèse, il dut contourner la base des vieilles tours, dont la falaise est encore couronnée. Là, il s'arrêta un instant et se retourna.

A l'horizon, en deçà du cap Gallo, le croissant de la lune allait bientôt s'éteindre dans les eaux de la mer Ionienne. Quelques rares étoiles scintillaient à travers d'étroites déchirures de nuages, poussés par le vent frais du soir. Pendant les accalmies, un silence absolu régnait autour de l'acropole. Deux ou trois petites voiles, à peine visibles, sillonnaient la surface du golfe, le traversant vers Coron ou le remontant vers Kalamata. Sans le fanal, qui se balançait en tête de leur mât, peut-être eût-il été impossible de les reconnaître. En contre-bas, sept à huit feux brillaient aussi sur divers points du rivage, doublés par la tremblotante réverbération des eaux. Étaient-ce des feux de barques de pêche, ou des feux d'habitations, allumés pour la nuit? On n'aurait pu le dire.

Nicolas Starkos parcourait, de son regard habitué aux ténèbres, toute cette immensité. Il y a dans l'œil du marin une puissance de vision pénétrante, qui lui permet de voir là où d'autres ne verraient pas. Mais, en ce moment, il semblait que les choses extérieures ne fussent pas pour impressionner le capitaine de la *Karysta*, accoutumé sans doute à de tout autres scènes. Non, c'était en lui-même qu'il regardait. Cet air natal, qui est comme l'haleine du pays, il le respirait presque inconsciemment. Et il restait immobile, pensif, les bras croisés, tandis que sa tête, rejetée hors du capuchon, ne remuait pas plus que si elle eût été de pierre.

Près d'un quart d'heure se passa ainsi. Nicolas Starkos n'avait cessé d'observer cet occident que délimitait un lointain horizon de mer. Puis il fit quelques pas en remontant obliquement la falaise. Ce n'était point au hasard qu'il allait de la sorte. Une secrète pensée le conduisait; mais on eût dit que ses yeux évitaient encore de voir ce qu'ils étaient venus chercher sur les hauteurs de Vitylo.

D'ailleurs, rien de désolé comme cette côte, depuis le cap Matapan jusqu'à l'extrême cul-de-sac du golfe. Il n'y poussait ni orangers, citronniers, églantiers, lauriers-roses, jasmins de l'Argolide, figuiers, arbousiers, mûriers, ni rien de ce qui fait de certaines parties de la Grèce une riche et verdoyante campagne. Pas un chêne-vert, pas un platane, pas un grenadier, tranchant sur le sombre rideau des cyprès et des cèdres. Partout des roches qu'un prochain éboulement de ces terrains volcaniques pourra bien précipiter dans les eaux du golfe. Partout une sorte d'âpreté farouche sur cette terre du Magne, insuffisante nourricière de sa population. A peine quelques pins décharnés, grimaçants, fantasques, dont on a épuisé la résine, auxquels manque la sève, montrant les profondes blessures de leurs troncs. Çà et là, de maigres cactus, véritables chardons épineux, dont les feuilles ressemblent à de petits hérissons à demi pelés. Nulle part, enfin, ni aux arbustes rabougris, ni au sol, formé de plus de gravier que d'humus, de quoi nourrir ces chèvres que leur sobriété rend peu difficiles, cependant.

Après avoir fait une vingtaine de pas, Nicolas Starkos s'arrêta de nouveau. Puis, il se retourna vers le nord-est, là où la crête éloignée du Taygète traçait son profil sur le fond moins obscur du ciel. Une ou deux étoiles, qui se levaient à cette heure, y reposaient encore, au ras de l'horizon, comme de gros vers luisants.

Nicolas Starkos était resté immobile. Il regardait une petite maison basse, construite en bois qui occcupait un renflement de la falaise à une cinquantaine de pas. Modeste habitation, isolée au-dessus du village, à laquelle on n'arrivait que par d'abruptes sentiers, bâtie au milieu d'un enclos de quelques arbres à demi dépouillés, entouré d'une haie d'épines. Cette demeure, on la sentait abandonnée depuis longtemps. La haie, en mauvais état, ici touffue, là trouée, ne lui faisait plus une barrière suffisante pour la protéger. Les chiens errants, les chacals, qui visitent quelquefois la région, avaient plus d'une fois ravagé ce petit coin du sol maniote. Mauvaises herbes et broussailles, c'était l'apport de la nature en ce lieu désert, depuis que la main de l'homme ne s'y exerçait plus.

Et pourquoi cet abandon ? C'est que le possesseur de ce morceau de terre était mort depuis bien des années. C'est que sa veuve, Andronika Starkos, avait quitté le pays pour aller prendre rang parmi ces vaillantes femmes qui marquèrent dans la guerre de l'Indépendance. C'est que le fils, depuis son départ, n'avait jamais remis le pied dans la maison paternelle.

Là, pourtant, était né Nicolas Starkos. Là se passèrent les premières années de son enfance. Son père, après une longue et honnête vie de marin, s'était retiré dans cet asile, mais il se tenait à l'écart de cette population de Vitylo, dont les excès lui faisaient horreur. Plus instruit, d'ailleurs, et avec un peu plus d'aisance que les gens du port, il avait pu se faire une existence à part entre sa femme et son enfant. Il vivait ainsi au fond de cette retraite, ignoré et tranquille, lorsque, un jour, dans un mouvement de colère, il tenta de résister à l'oppression et paya de sa vie sa résistance. On ne pouvait échapper aux agents turcs, même aux extrêmes confins de la péninsule !

Le père n'étant plus là pour diriger son fils, la mère fut impuissante à le contenir. Nicolas Starkos déserta la maison pour aller courir les mers, mettant au service de la piraterie et des pirates ces merveilleux instincts de marin qu'il tenait de son origine.

Depuis dix ans, la maison avait donc été abandonnée par le fils, depuis six ans par la mère. On disait dans le pays, cependant, qu'Andronika y était quelquefois revenue. On avait cru, du moins, l'apercevoir, mais à de rares intervalles et pour de courts instants, sans qu'elle eût communiqué avec aucun des habitants de Vitylo.

Quant à Nicolas Starkos, jamais avant ce jour, bien qu'il eût été ramené une ou deux fois au Magne par le hasard de ses excursions, il n'avait manifesté l'intention de revoir cette modeste habitation de la falaise. Jamais une demande de sa part sur l'état d'abandon où elle se trouvait. Jamais une allusion à sa mère, pour savoir si elle revenait parfois à la demeure déserte. Mais, à travers les terribles événements qui ensanglantaient alors la Grèce, peut-être le nom d'Andronika était-il arrivé jusqu'à lui, — nom qui aurait dû pénétrer comme un remords dans sa conscience, si sa conscience n'eût été impénétrable.

Et cependant, ce jour-là, si Nicolas Starkos avait relâché au port de Vitylo, ce n'était pas uniquement pour renforcer de dix hommes l'équipage de la sacolève. Un désir, — plus qu'un désir, — un impérieux instinct, dont il ne se rendait peut-être pas bien compte, l'y avait poussé. Il s'était senti pris du besoin de revoir, une dernière fois sans doute, la maison paternelle, de toucher encore du pied ce sol sur lequel s'étaient exercés ses premiers pas, de respirer l'air enfermé entre ces murs où s'était exhalée sa première haleine, où il avait bégayé les premiers mots de l'enfant. Oui ! voilà pourquoi il venait de remonter les rudes sentiers de cette falaise, pourquoi il se trouvait, à cette heure, devant la barrière du petit enclos.

Là, il eut comme un mouvement d'hésitation. Il n'est de cœur si endurci, qui ne se serre en présence de certains retours du passé. On n'est pas né quelque part pour ne rien sentir devant la place où vous a bercé la main d'une mère. Les fibres de l'être ne peuvent s'user à ce point que pas une seule ne vibre encore, lorsqu'un de ces souvenirs la touche.

Il en fut ainsi de Nicolas Starkos, arrêté sur le seuil de la maison abandonnée, aussi sombre, aussi silencieuse, aussi morte à l'intérieur qu'à l'extérieur.

« Entrons !... Oui !... entrons ! »

Ce furent les premiers mots que prononça Nicolas Starkos. Encore ne fit-il que les murmurer, comme s'il eût eu la crainte d'être entendu et d'évoquer quelque apparition du passé.

Entrer dans cet enclos, quoi de plus facile ! La barrière était disjointe, les montants gisaient sur le sol. Il n'y avait même pas une porte à ouvrir, un barreau à repousser.

Nicolas Starkos entra. Il s'arrêta devant l'habitation, dont les auvents, à demi pourris par la pluie, ne tenaient plus qu'à des bouts de ferrures rouillées et rongées.

A ce moment, une hulotte fit entendre un cri et s'envola d'une touffe de lentisques, qui obstruait le seuil de la porte.

Là, Nicolas Starkos hésita encore. Il était bien résolu, cependant, à revoir jusqu'à la dernière chambre de l'habitation. Mais il fut sourdement fâché de ce qui se passait en lui, d'éprouver comme une sorte de remords. S'il se sentait ému, il se sentait irrité aussi. Il semblait que de ce toit paternel, allait s'échapper comme une protestation contre lui, comme une malédiction dernière !

Aussi, avant de pénétrer dans cette maison, il voulut en faire le tour. La nuit était sombre. Personne ne le voyait, et « il ne se voyait pas lui-même ! » En plein jour, peut-être ne fût-il pas venu ! En pleine nuit, il se sentait plus d'audace à braver ses souvenirs.

Le voilà donc, marchant d'un pas furtif, pareil à un malfaiteur qui chercherait à reconnaître les abords d'une habitation dans laquelle il va porter la ruine, longeant les murs lézardés aux angles, tournant les coins dont l'arête effritée disparaissait sous les mousses, tâtant de la main ces pierres ébranlées, comme pour voir s'il restait encore un peu de vie dans ce cadavre de maison, écoutant, enfin, si le cœur lui battait encore ! Par derrière, l'enclos était plus obscur. Les obliques lueurs du croissant lunaire, qui disparaissait alors, n'auraient pu y arriver.

Nicolas Starkos avait lentement fait le tour. La sombre demeure gardait une sorte de silence inquiétant. On l'eût dite hantée ou visionnée. Il revint vers la façade orientée à l'ouest. Puis, il s'approcha de la porte, pour la repousser si elle ne tenait que par un loquet, pour la forcer si le pêne s'engageait encore dans la gâche de la serrure.

Mais alors le sang lui monta aux yeux. Il vit « rouge » comme on dit, mais rouge de feu. Cette maison, qu'il voulait visiter encore une fois, il n'osait plus y entrer. Il lui semblait que son père, sa mère, allaient apparaître sur le seuil, les bras étendus, le maudissant, lui, le mauvais fils, le mauvais citoyen, traître à la famille, traître à la patrie !

A ce moment, la porte s'ouvrit avec lenteur. Une femme parut sur le seuil. Elle était vêtue du costume maniote, — un jupon de cotonnade noire à petite bordure rouge, une camisole de couleur sombre, serrée à la taille, sur sa tête un large bonnet brunâtre, enroulé d'un foulard aux couleurs du drapeau grec.

Cette femme avait une figure énergique, avec de grands yeux noirs d'une vivacité un peu sauvage, un teint hâlé comme celui des pêcheuses du littoral. Sa taille était haute, droite, bien qu'elle fût âgée de plus de soixante ans.

C'était Andronika Starkos. La mère et le fils, séparés depuis si longtemps de corps et d'âme, se trouvaient alors face à face.

Nicolas Starkos ne s'attendait pas à se voir en présence de sa mère... Il fut épouvanté par cette apparition.

Andronika, le bras tendu vers son fils, lui interdisant l'accès de sa maison, ne dit que ces mots d'une voix qui les rendait terribles, venant d'elle : « Jamais Nicolas Starkos ne remettra le pied dans la maison du père !... Jamais ! »

Et le fils, courbé sous cette injonction, recula peu à peu. Celle qui l'avait porté dans ses entrailles, le chassait maintenant comme on chasse un traître. Alors il voulut faire un pas en avant... Un geste plus énergique encore, un geste de malédiction, l'arrêta.

Nicolas Starkos se rejeta en arrière. Puis, il s'échappa de l'enclos, il reprit le sentier de la falaise, il descendit à grands pas, sans se retourner, comme si une main invisible l'eût poussé par les épaules.

Andronika, immobile sur le seuil de sa maison, le vit disparaître au milieu de la nuit.

Dix minutes après, Nicolas Starkos, ne laissant rien voir de son émotion, redevenu maître de lui-même, atteignait le port où il hélait son gig et s'y embarquait. Les dix hommes choisis par Gozzo se trouvaient déjà à bord de la sacolève.

Sans prononcer un seul mot, Nicolas Starkos monta sur le pont de la *Karysta*, et, d'un signe, il donna l'ordre d'appareiller.

Nicolas Starkos se rejeta en arrière. (Page 23.)

La manœuvre fut rapidement faite. Il n'y eut qu'à hisser les voiles disposées pour un prompt départ. Le vent de terre, qui venait de se lever, rendait facile la sortie du port.

Cinq minutes plus tard, la *Karysta* franchissait les passes, sûrement, silen-
cieusement, sans qu'un seul cri eût été poussé par les hommes du bord ni
par les gens de Vitylo.

Mais la sacolève n'était pas à un mille au large, qu'une flamme illuminait
la crête de la falaise.

C'était l'habitation d'Andronika Starkos qui brûlait jusque dans ses fonda-

La main de la mère avait allumé cet incendie. (Page 2 .)

tions. La main de la mère avait allumé cet incendie. Elle ne voulait pas qu'il
restât un seul vestige de la maison où son fils était né.

Pendant trois milles encore, le capitaine ne put détacher son regard de ce
feu qui brillait sur la terre du Magne, et il le suivit dans l'ombre jusqu'à son
dernier éclat.

Andronika l'avait dit :

« Jamais Nicolas Starkos ne remettrait le pied dans la maison du père !...
Jamais ! »

III

GRECS CONTRE TURCS.

Dans les temps préhistoriques, alors que l'écorce solide du globe se moulait peu à peu sous l'action des forces intérieures, neptuniennes ou pluto-niennes, la Grèce dut sa naissance à un cataclysme qui repoussa ce bout de terre au-dessus du niveau des eaux, tandis qu'il engloutissait dans l'Archipel toute une partie du continent, dont il ne reste plus que les sommets sous formes d'îles. La Grèce est, en effet, sur la ligne volcanique qui va de Chypre à la Toscane[1].

Il semble que les Hellènes tiennent du sol instable de leur pays l'instinct de cette agitation physique et morale, qui peut les porter dans les choses héroïques jusqu'aux plus grands excès. Il n'en est pas moins vrai que c'est grâce à leurs qualités naturelles, un courage indomptable, le sentiment du patriotisme, l'amour de la liberté, qu'ils sont parvenus à faire un État indépendant de ces provinces courbées, depuis tant de siècles, sous la domination ottomane.

Pélasgique dans les temps les plus reculés, c'est-à-dire peuplée de tribus de l'Asie; hellénique, du xvie au xive siècle avant l'ère chrétienne, avec l'apparition des Hellènes, dont une tribu, les Graïes, devait lui donner son nom, dans ces temps presque mythologiques des Argonautes, des Héraclides et de la guerre de Troie: bien grecque enfin, depuis Lycurgue, avec Miltiade, Thémistocle, Aristide, Léonidas, Eschyle, Sophocle, Aristophane, Hérodote, Thucydide, Pythagore, Socrate, Platon, Aristote, Hippocrate, Phidias, Périclès, Alcibiade, Pélopidas, Epaminondas, Démosthène; puis, macédonienne avec Philippe et Alexandre, la Grèce finit par devenir province romaine sous le nom

---

1. Depuis l'époque où se passe cette histoire, l'île Santorin a été victime des feux souterrains. Vostitsa en 1861, Thèbes en 1861, Sainte-Maure, ont été dévastées par des tremblements de terre.

d'Achaïe, cent quarante-six ans avant J.-C. et pour une période de quatre siècles.

Depuis cette époque, successivement envahi par les Visigoths, les Vandales, les Ostrogoths, les Bulgares, les Slaves, les Arabes, les Normands, les Siciliens, conquis par les Croisés au commencement du treizième siècle, partagé en un grand nombre de fiefs au quinzième, ce pays, si éprouvé dans l'ancienne et la nouvelle ère, retomba au dernier rang entre les mains des Turcs et sous la domination musulmane.

Pendant près de deux cents ans, on peut dire que la vie politique de la Grèce fut absolument éteinte. Le despotisme des fonctionnaires ottomans, qui y représentaient l'autorité, passait toutes limites. Les Grecs n'étaient ni des annexés, ni des conquis, pas même des vaincus : c'étaient des esclaves, tenus sous le bâton du pacha, avec l'iman ou prêtre à sa droite, le djellah ou bourreau à sa gauche.

Mais toute existence n'avait pas encore abandonné ce pays qui se mourait. Aussi, allait-il de nouveau palpiter sous l'excès de la douleur. Les Monténégrins de l'Épire, en 1766, les Maniotes, en 1769, les Souliotes d'Albanie, se soulevèrent enfin, et proclamèrent leur indépendance; mais, en 1804, toute cette tentative de rébellion fut définitivement comprimée par Ali de Tébelen, pacha de Janina.

Il n'était que temps d'intervenir, alors, si les puissances européennes ne voulaient pas assister au total anéantissement de la Grèce. En effet, réduite à ses seules forces, elle ne pouvait que mourir en essayant de recouvrer son indépendance.

En 1821, Ali de Tébelen, révolté à son tour contre le sultan Mahmoud, venait d'appeler les Grecs à son aide, en leur promettant la liberté. Ils se soulevèrent en masse. Les Philhellènes accoururent à leur secours de tous les points de l'Europe. Ce furent des Italiens, des Polonais, des Allemands, mais surtout des Français, qui se rangèrent contre les oppresseurs. Les noms de Guys de Sainte-Hélène, de Gaillard, de Chauvassaigne, des capitaines Baleste et Jourdain, du colonel Fabvier, du chef d'escadron Regnaud de Saint-Jean-d'Angély, du général Maison, auxquels il convient d'ajouter ceux de trois Anglais, lord Cochrane, lord Byron, le colonel Hastings, ont laissé un souvenir impérissable dans ce pays pour lequel ils venaient se battre et mourir.

A ces noms, illustrés par tout ce que le dévouement à la cause des opprimés peut engendrer de plus héroïque, la Grèce allait répondre par des noms pris dans ses plus hautes familles, trois Hydriotes, Tombasis, Tsamados, Miaoulis, puis Colocotroni, Marco Botsaris, Maurocordato, Mauromichalis, Constantin Canaris, Negris, Constantin et Démétrius Hypsilantis, Ulysse et tant d'autres. Dès le début, le soulèvement se changea en une guerre à mort, dent pour dent, œil pour œil, qui provoqua les plus horribles représailles de part et d'autre.

En 1821, les Souliotes et le Magne se soulèvent. A Patras, l'évêque Germanos, la croix en main, pousse le premier cri. La Morée, la Moldavie, l'Archipel, se rangent sous l'étendard de l'indépendance. Les Hellènes, victorieux sur mer, parviennent à s'emparer de Tripolitza. A ces premiers succès des Grecs, les Turcs répondent par le massacre de leurs compatriotes qui se trouvaient à Constantinople.

En 1822, Ali de Tébelen, assiégé dans sa forteresse de Janina, est lâchement assassiné au milieu d'une conférence que lui avait proposée le général turc Kourschid. Peu de temps après, Maurocordato et les Philhellènes sont écrasés à la bataille d'Arta; mais ils reprennent l'avantage au premier siège de Missolonghi, que l'armée d'Omer-Vrione est obligée de lever, non sans des pertes considérables.

En 1823, les puissances étrangères commencent à intervenir plus efficacement. Elles proposent au sultan une médiation. Le sultan refuse, et, pour appuyer son refus, débarque dix mille soldats asiatiques dans l'Eubée. Puis, il donne le commandement en chef de l'armée turque à son vassal Méhémet-Ali, pacha d'Égypte. Ce fut dans les luttes de cette année-là que succomba Marco Botsaris, ce patriote dont on a pu dire : Il vécut comme Aristide et mourut comme Léonidas.

En 1824, époque de grands revers pour la cause de l'Indépendance, lord Byron avait débarqué, le 24 janvier, à Missolonghi, et, le jour de Pâques, il mourait devant Lépante, sans avoir rien vu s'accomplir de son rêve. Les Ipsariotes étaient massacrés par les Turcs, et la ville de Candie, en Crète, se rendait aux soldats de Méhémet-Ali. Seuls, les succès maritimes purent consoler les Grecs de tant de désastres.

En 1825, c'est Ibrahim-Pacha, fils de Méhémet-Ali, qui débarque à Modon, en Morée, avec onze mille hommes. Il s'empare de Navarin et bat Colocotroni à Tripolitza. Ce fut alors que le gouvernement hellénique confia un corps de troupes régulières à deux Français, Fabvier et Regnaud de Saint-Jean-d'Angély; mais, avant que ces troupes eussent été mises en état de lui résister,

Ibrahim dévastait la Messénie et le Magne. Et s'il abandonna ses opérations, c'est qu'il voulut aller prendre part au second siège de Missolonghi, dont le général Kioutagi ne parvenait pas à s'emparer, bien que le sultan lui eût dit : Ou Missolonghi ou ta tête !

En 1826, le 5 janvier, après avoir brûlé Pyrgos, Ibrahim arrivait devant Missolonghi. Pendant trois jours, du 25 au 28, il jeta sur la ville huit mille bombes et boulets, sans pouvoir y entrer, même après un triple assaut, et bien qu'il n'eût affaire qu'à deux mille cinq cents combattants, déjà affaiblis par la famine. Cependant il devait réussir, surtout lorsque Miaoulis et son escadre, qui apportaient des secours aux assiégés, eurent été repoussés. Le 23 avril, après un siège qui avait coûté la vie à dix-neuf cents de ses défenseurs, Missolonghi tombait au pouvoir d'Ibrahim, et ses soldats massacrèrent hommes, femmes, enfants, presque tout ce qui survivait des neuf mille habitants de la ville. En cette même année, les Turcs, amenés par Kioutagi, après avoir ravagé la Phocide et la Béotie, arrivaient à Thèbes, le 10 juillet, entraient en Attique, investissaient Athènes, s'y établissaient et faisaient le siège de l'Acropole, défendue par quinze cents Grecs. Au secours de cette citadelle, la clé de la Grèce, le nouveau gouvernement envoya Caraïscakis, l'un des combattants de Missolonghi, et le colonel Fabvier avec son corps de réguliers. La bataille qu'ils livrèrent à Chaïdari fut perdue, et Kioutagi put continuer le siège de l'Acropole. Pendant ce temps, Caraïskakis s'engageait à travers les défilés du Parnasse, battait les Turcs à Arachova, le 5 décembre, et, sur le champ de bataille, il élevait un trophée de trois cents têtes coupées. La Grèce du Nord était redevenue libre presque tout entière.

Malheureusement, à la faveur de ces luttes, l'Archipel était livré aux incursions des plus redoutables forbans, qui eussent jamais désolé ces mers. Et parmi eux, on citait, comme l'un des plus sanguinaires, le plus hardi peut-être, ce pirate Sacratif, dont le nom seul était une épouvante dans toutes les Échelles du Levant.

Cependant, sept mois avant l'époque à laquelle débute cette histoire, les Turcs avaient été obligés de se réfugier dans quelques-unes des places fortes de la Grèce septentrionale. Au mois de février 1827, les Grecs avaient reconquis leur indépendance depuis le golfe d'Ambracie jusqu'aux confins de l'Attique. Le pavillon turc ne flottait plus qu'à Missolonghi, à Vonitsa, à Naupacte. Le 31 mars, sous l'influence de lord Cochrane, les Grecs du Nord et les Grecs du Péloponnèse, renonçant à leurs luttes intestines, allaient réunir les représentants de la nation en une assemblée unique, à Trézène, et concentrer les pouvoirs en une seule main, celle d'un étranger, un diplomate russe, grec de naissance, Capo d'Istria, originaire de Corfou.

Mais Athènes était aux mains des Turcs. Sa citadelle avait capitulé, le 5 juin. La Grèce du Nord fut alors contrainte de faire sa complète soumission. Le 6 juillet, il est vrai, la France, l'Angleterre, la Russie et l'Autriche signaient une convention qui, tout en admettant la suzeraineté de la Porte, reconnaissait l'existence d'une nation grecque. En outre, par un article secret, les puissances signataires s'engageaient à s'unir contre le sultan, s'il refusait d'accepter un arrangement pacifique.

Tels sont les faits généraux de cette sanglante guerre, que le lecteur doit se remettre en mémoire, car ils se rattachent très directement à ce qui va suivre.

Voici maintenant quels sont les faits particuliers auxquels sont plus directement liés les personnages déjà connus et ceux à connaître de cette dramatique histoire.

Parmi les premiers, il faut d'abord citer Andronika, la veuve du patriote Starkos.

Cette lutte, pour conquérir l'indépendance de leur pays, n'avait pas seulement enfanté des héros, mais aussi d'héroïques femmes, dont le nom est glorieusement mêlé aux événements de cette époque.

Ainsi voit-on apparaître le nom de Bobolina, née dans une petite île, à l'entrée du golfe de Nauplie. En 1812, son mari est fait prisonnier, emmené à Constantinople, empalé par ordre du sultan. Le premier cri de la guerre de l'indépendance est jeté. Bobolina, en 1821, sur ses propres ressources, arme trois navires, et, ainsi que le raconte M. H. Belle, d'après le récit d'un vieux Klephte, après avoir arboré son pavillon, qui porte ces mots des femmes spartiates : « Ou dessus ou dessous, » elle fait la course jusqu'au littoral de l'Asie Mineure, capturant et brûlant les navires turcs avec l'intrépidité d'un Tsamados ou d'un Canaris ; puis, après avoir généreusement abandonné la propriété de ses navires au nouveau gouvernement, elle assiste au siège de Tripolitza, organise autour de Nauplie un blocus qui dure quatorze mois, et oblige enfin la citadelle à se rendre. Cette femme, dont toute la vie est une légende, devait finir par tomber sous le poignard de son frère pour une simple affaire de famille.

Une autre grande figure doit être placée au même rang que cette vaillante Hydriote. Toujours mêmes faits amenant mêmes conséquences. Un ordre du sultan fait étrangler à Constantinople le père de Modéna Mavroeinis, femme dont la beauté égalait la naissance. Modéna se jette aussitôt dans l'insurrection, appelle à la révolte les habitants de Mycone, arme des bâtiments qu'elle monte, organise des compagnies de guérillas qu'elle dirige, arrête l'armée de Sélim-Pacha au fond des étroites gorges du Pélion, et marque brillamment jusqu'à la fin de la guerre, en harcelant les Turcs dans les défilés des montagnes de la Phthiotide.

Il faut encore nommer Kaïdos, détruisant par la mine les murs de Vilia, et se battant avec un courage indomptable au monastère Sainte-Vénérande; Moskos, sa mère, luttant aux côtés de son époux, et écrasant les Turcs sous des quartiers de roche; Despo, qui pour ne pas tomber aux mains des musulmans, se fit sauter avec ses filles, ses belles-filles et ses petits-fils. Et les femmes Souliotes, et celles qui protégèrent le nouveau gouvernement, installé à Salamine, en lui amenant la flottille qu'elles commandaient, et cette Constance Zacharias, qui, après avoir donné le signal du soulèvement dans les plaines de Laconie, se jeta sur Léondari à la tête de cinq cents paysans, et tant d'autres, enfin, dont le sang généreux ne fut point épargné dans cette guerre, pendant laquelle on put voir de quoi étaient capables les descendantes des Hellènes!

Ainsi avait fait la veuve de Starkos. Ainsi, sous le seul nom d'Andronika, — n'ayant plus voulu de celui que déshonorait son fils, — se laissa-t-elle emporter dans le mouvement par un irrésistible instinct de représailles autant que par amour de l'indépendance. Comme Bobolina, veuve d'un époux supplicié pour avoir tenté de défendre son pays, comme Modena, comme Zacharias, si elle ne put à ses frais armer des navires ou lever des compagnies de volontaires, du moins paya-t-elle de sa personne au milieu des grands drames de cette insurrection.

Dès 1821, Andronika se joignit à ceux des Maniotes que Colocotroni, condamné à mort et réfugié dans les îles Ioniennes, appela à lui, lorsque, le 18 janvier de cette année, il débarqua à Scardamoula. Elle fut de cette première bataille rangée, livrée en Thessalie, lorsque Colocotroni attaqua les habitants de Phanari, et ceux de Caritène, réunis aux Turcs sur les bords de la Rhouphia. Elle fut aussi de cette bataille de Valtetsio, du 17 mai, qui amena la déroute de l'armée de Moustapha-bey. Plus particulièrement encore, elle se distingua à ce siège de Tripolitza, où les Spartiates traitaient les Turcs de « lâches Persans », où les Turcs traitaient les Grecs de « faibles lièvres de Laconie! » Mais, cette fois,

Andronika avait reconnu son fils. (Page 32.)

les lièvres eurent le dessus. Le 5 octobre, la capitale du Péloponnèse, n'ayant pu être débloquée par la flotte turque, dut capituler, et, malgré la convention, fut mise à feu et à sang, pendant trois jours, — ce qui coûta la vie, au dedans comme au dehors, à dix mille Ottomans de tout âge et de tout sexe.

L'année suivante, le 4 mars, ce fut pendant un combat naval qu'Andronika, embarquée sous les ordres de l'amiral Miaoulis, vit les vaisseaux turcs s'enfuir, après une lutte de cinq heures, et chercher un refuge au port de Zante. Mais, sur un de ces vaisseaux, elle avait reconnu son fils, qui pilotait l'escadre ottomane à travers le golfe de Patras!... Ce jour-là, sous le coup de cette honte, elle s'élança au plus fort de la mêlée pour y chercher la mort... La mort ne voulut pas d'elle.

· Et pourtant, Nicolas Starkos devait aller plus loin encore dans cette voie criminelle! Quelques semaines plus tard, ne se joignait-il pas à Kara-Ali qui bombardait la ville de Scio dans l'île de ce nom? N'avait-il pas sa part de ces épouvantables massacres, où périrent vingt-trois mille chrétiens, sans compter quarante-sept mille qui furent vendus comme esclaves sur les marchés de Smyrne? Et l'un des bâtiments qui transporta une partie de ces malheureux aux côtes barbaresques, n'était-il pas commandé par le fils même d'Andronika, — un Grec qui vendait ses frères!

Pendant la période suivante, dans laquelle les Hellènes allaient avoir à résister aux armées combinées des Turcs et des Égyptiens, Andronika ne cessa pas un instant d'imiter ces héroïques femmes, dont les noms ont été cités plus haut.

Lamentable époque, surtout pour la Morée. Ibrahim venait d'y lancer ses farouches Arabes, plus féroces que les Ottomans. Andronika était de ces quatre mille combattants que Colocotroni, nommé commandant en chef des troupes du Péloponnèse, avait seulement pu réunir autour de lui. Mais Ibrahim, après avoir débarqué onze mille hommes sur la côte messénienne, s'était d'abord occupé de débloquer Coron et Patras; puis, il s'était emparé de Navarin, dont la citadelle devait lui assurer une base d'opérations, et le port lui donner un abri sûr pour sa flotte. Ensuite ce fut Argos qu'il incendia, Tripolitza dont il prit possession, — ce qui lui permit, jusqu'à l'hiver, d'exercer ses ravages à travers les provinces avoisinantes. Plus particulièrement, la Messénie subit ces horribles dévastations. Aussi Andronika dut-elle souvent fuir jusqu'au fond du Magne pour ne pas tomber entre les mains des Arabes. Cependant, elle ne songeait pas à prendre du repos. Peut-on reposer sur une terre opprimée? On la retrouve dans les campagnes de 1825 et de 1826, au combat des défilés de Verga, après lequel Ibrahim recula sur Polyaravos, où les Maniotes du Nord parvinrent à le repousser encore. Puis, elle se joignit aux réguliers du colonel Fabvier, pendant la bataille de Chaidari, au mois de juillet 1826. Là, grièvement blessée, elle ne dut qu'au courage d'un jeune Français, engagé sous le drapeau des Philhellènes, d'échapper aux impitoyables soldats de Kioutagi.

Pendant plusieurs mois, la vie d'Andronika fut en péril. Sa constitution robuste la sauva; mais l'année 1826 se termina, sans qu'elle eût retrouvé assez de force pour reprendre part à la lutte.

Ce fut dans ces circonstances qu'au mois d'août 1827, elle revint dans les provinces du Magne. Elle voulait revoir sa maison de Vitylo. Un singulier hasard y ramenait son fils le même jour... On sait le résultat de la rencontre d'Andronika avec Nicolas Starkos, et comment ce fut une suprême malédiction qu'elle lui jeta du seuil de la maison paternelle.

Et maintenant, n'ayant plus rien qui la retînt au sol natal, Andronika allait continuer à combattre tant que la Grèce n'aurait pas recouvré son indépendance.

Les choses en étaient donc à ce point, le 10 mars 1827, au moment où la veuve de Starkos reprenait les routes du Magne pour rejoindre les Grecs du Péloponnèse, qui, pied à pied, disputaient leur territoire aux soldats d'Ibrahim.

IV

TRISTE MAISON D'UN RICHE.

Pendant que la *Karysta* se dirigeait vers le nord pour une destination connue seulement de son capitaine, il se passait à Corfou un fait qui, pour être d'ordre privé, n'en devait pas moins attirer l'attention publique sur les principaux personnages de cette histoire.

On sait que depuis 1815, par suite des traités qui portent cette date, le groupe des îles Ioniennes avait été placé sous le protectorat de l'Angleterre, après avoir accepté celui de la France jusqu'en 1814 [1].

De tout ce groupe qui comprend Cérigo, Zante, Ithaque, Céphalonie, Leucade, Paxos et Corfou, cette dernière île, la plus septentrionale, est aussi la plus importante. C'est l'ancienne Corcyre. Or, une île qui eut pour roi Alcinoüs, l'hôte généreux de Jason et de Médée, qui, plus tard, accueillit le sage Ulysse, après la guerre de Troie, a bien droit à tenir une place considérable dans l'histoire ancienne. Après avoir été en lutte avec les Francs, les Bulgares, les Sarrasins, les Napolitains, ravagée au seizième siècle par Barberousse, protégée au dix-huitième par le comte de Schulembourg, et, à la fin du premier empire, défendue par le général Donzelot, elle était alors la résidence d'un Haut Commissaire anglais.

A cette époque, ce Haut Commissaire était sir Frederik Adam, gouverneur des îles Ioniennes. En vue des éventualités que pouvait provoquer la lutte des Grecs contre les Turcs, il avait toujours sous la main quelques frégates des-

1. Depuis 1864, les îles Ioniennes ont recouvré leur indépendance, et, divisées en trois nômachies, sont annexées au royaume hellénique.

tinées à faire la police de ces mers. Et il ne fallait pas moins que des bâtiments de haut bord pour maintenir l'ordre dans cet archipel, livré aux Grecs,
aux Turcs, aux porteurs de lettres de marque, sans parler des pirates,
n'ayant d'autre commission que celle qu'ils s'arrogeaient de piller à leur con-
venance les navires de toute nationalité.

On rencontrait alors à Corfou un certain nombre d'étrangers, et, plus particulièrement, de ceux qui avaient été attirés, depuis trois ou quatre ans, par
les diverses phases de la guerre de l'Indépendance. C'était de Corfou que les
uns s'embarquaient pour aller rejoindre. C'était à Corfou que venaient s'installer les autres, auxquels d'excessives fatigues imposaient un repos de quelque temps.

Parmi ces derniers, il convient de citer un jeune Français. Passionné pour
cette noble cause, depuis cinq ans, il avait pris une part active et glorieuse aux
principaux événements dont la péninsule hellénique était le théâtre.

Henry d'Albaret, lieutenant de vaisseau de la marine royale, un des plus
jeunes officiers de son grade, maintenant en congé illimité, était venu se ranger, dès le début de la guerre, sous le drapeau des Philhellènes français. Agé
de vingt-neuf ans, de taille moyenne, d'une constitution robuste, qui le rendait
propre à supporter toutes les fatigues du métier de marin, ce jeune officier,
par la grâce de ses manières, la distinction de sa personne, la franchise
de son regard, le charme de sa physionomie, la sûreté de ses relations,
inspirait dès l'abord une sympathie qu'une plus longue intimité ne pouvait
qu'accroître.

Henry d'Albaret appartenait à une riche famille, parisienne d'origine. Il
avait à peine connu sa mère. Son père était mort à peu près à l'époque de sa
majorité, c'est-à-dire deux ou trois ans après sa sortie de l'école navale. Maître
d'une assez belle fortune, il n'avait point pensé que ce fût une raison
d'abandonner son métier de marin. Au contraire. Il continua donc à suivre
cette carrière, — l'une des plus belles qui soient au monde, — et il était
lieutenant de vaisseau quand le pavillon grec fut arboré en face du croissant turc dans la Grèce du nord et le Péloponnèse.

Henry d'Albaret n'hésita pas. Comme tant d'autres braves jeunes gens
irrésistiblement entraînés par ce mouvement, il accompagna les volontaires
que des officiers français allaient guider jusqu'aux confins de l'Europe orientale. Il fut de ces premiers Philhellènes qui versèrent leur sang pour la cause
de l'indépendance. Dès l'année 1822, il se trouvait parmi ces glorieux vaincus

CORFOU. — LA CITADELLE.

de Maurocordato, à la fameuse bataille d'Arta, et, parmi les vainqueurs, au premier siège de Missolonghi. Il était là, l'année suivante, quand succomba Marco Botsaris. Pendant l'année 1824, il prit part, non sans éclat, à ces combats maritimes qui vengèrent les Grecs des victoires de Méhémet-Ali. Après la défaite de Tripolitza, en 1825, il commandait un parti de réguliers sous les ordres du colonel Fabvier. En juillet 1826, il se battait à Chaïdari, où il sauvait la vie d'Andronika Starkos, que foulaient aux pieds les chevaux de Kioutagi, — bataille terrible dans laquelle les Philhellènes firent d'irréparables pertes.

Cependant, Henry d'Albaret ne voulut point abandonner son chef, et, peu de temps après, il le rejoignit à Méthènes.

A ce moment, l'Acropole d'Athènes était défendue par le commandant Gouras, ayant quinze cents hommes sous ses ordres. Là, dans cette citadelle, s'étaient réfugiés cinq cents femmes et enfants, qui n'avaient pu fuir au moment où les Turcs s'emparaient de la ville. Gouras avait des vivres pour un an, un matériel de quatorze canons et de trois obusiers, mais les munitions allaient lui manquer.

Fabvier résolut alors de ravitailler l'Acropole. Il demanda des hommes de bonne volonté pour le seconder dans cet audacieux projet. Cinq cent trente répondirent à son appel; parmi eux, quarante Philhellènes ; parmi ces quarante et à leur tête, Henry d'Albaret. Chacun de ces hardis partisans se munit d'un sac de poudre, et, sous les ordres de Fabvier, ils s'embarquèrent à Méthènes.

Le 13 décembre, ce petit corps débarque presque au pied de l'Acropole. Un rayon de lune le signale. La fusillade des Turcs l'accueille. Fabvier crie : « En avant ! » Chaque homme, sans abandonner son sac de poudre, qui peut le faire sauter d'un instant à l'autre, franchit le fossé et pénètre dans la citadelle, dont les portes sont ouvertes. Les assiégés repoussent victorieusement les Turcs. Mais Fabvier est blessé, son second est tué, Henry d'Albaret tombe, frappé d'une balle. Les réguliers et leurs chefs étaient maintenant enfermés dans la citadelle avec ceux qu'ils étaient venus secourir si hardiment et qui ne voulaient plus les en laisser sortir.

Là, le jeune officier, souffrant d'une blessure qui fort heureusement n'était pas grave, dut partager les misères des assiégés, réduits à quelques rations d'orge pour toute nourriture. Six mois se passèrent, avant que la capitulation de l'Acropole, consentie par Kioutagi, lui rendit la liberté. Ce fut seulement le 5 juin 1827 que Fabvier, ses volontaires et les assiégés purent quitter la citadelle d'Athènes et s'embarquer sur des navires qui les transportèrent à Salamine.

Henry d'Albaret, très faible encore, ne voulut point s'arrêter dans cette ville et il fit voile pour Corfou. Là, depuis deux mois, il se refaisait de ses fatigues, en attendant l'heure d'aller reprendre son poste au premier rang, lorsque le hasard vint donner un nouveau mobile à sa vie, qui n'avait été jusqu'alors que la vie d'un soldat.

Il y avait à Corfou, à l'extrémité de la Strada Reale, une vieille maison de peu d'apparence, moitié grecque, moitié italienne d'aspect. Dans cette maison demeurait un personnage, qui se montrait peu, mais dont on parlait beaucoup. C'était le banquier Elizundo. Etait-ce un sexagénaire ou un septuagénaire? on n'aurait pu le dire. Depuis une vingtaine d'années, il habitait cette sombre demeure, dont il ne sortait guère. Mais, s'il n'en sortait pas, bien des gens de tous pays et de toute condition, — clients assidus de son comptoir, — l'y venaient visiter. Très certainement, il se faisait des affaires considérables dans cette maison de banque, dont l'honorabilité était parfaite. Elizundo passait, d'ailleurs, pour être extrêmement riche. Nul crédit, dans les îles Ioniennes et jusque chez ses confrères dalmates de Zara ou de Raguse, n'aurait pu rivaliser avec le sien. Une traite, acceptée par lui, valait de l'or. Sans doute, il ne se livrait pas imprudemment. Il paraissait même très serré en affaires. Les références, il les lui fallait excellentes, les garanties, il les voulait complètes ; mais sa caisse semblait inépuisable. Circonstance à noter, Elizundo faisait presque tout lui-même, n'employant qu'un homme de sa maison, dont il sera parlé plus tard, pour tenir les écritures sans importance. Il était à la fois son propre caissier et son propre teneur de livres. Pas une traite qui ne fût libellée, pas une lettre qui n'eût été écrite de sa main. Aussi, jamais un commis du dehors ne s'était-il assis au bureau du comptoir. Cela ne contribuait pas peu à assurer le secret de ses affaires.

Quelle était l'origine de ce banquier? On le disait Illyrien ou Dalmate ; mais, à cet égard, on ne savait rien de précis. Muet sur son passé, muet sur son présent, il ne frayait point avec la société corfiote. Lorsque le groupe avait été placé sous le protectorat de la France, son existence était déjà ce qu'elle était restée depuis qu'un gouverneur anglais exerçait son autorité sur les îles Ioniennes. Sans doute, il ne fallait pas prendre à la lettre ce qui se disait de sa fortune, que le bruit public chiffrait par centaines de millions ;

mais il devait être, il était très riche, bien que son train fût celui d'un homme modeste dans ses besoins et ses goûts.

Elizundo était veuf, il l'était même lorsqu'il vint s'établir à Corfou avec une petite fille, alors âgée de deux ans. Maintenant, cette petite fille, qui se nommait Hadjine, en avait vingt-deux, et vivait dans cette demeure, toute aux soins du ménage.

Partout, même en ces pays de l'Orient, où la beauté des femmes est incontestée, Hadjine Elizundo eût passé pour remarquablement belle, et cela malgré la gravité de sa physionomie un peu triste. Comment en eût-il été autrement dans ce milieu où s'était écoulé son jeune âge, sans une mère pour la guider, sans une compagne avec laquelle elle pût échanger ses premières pensées de jeune fille? Hadjine Elizundo était de taille moyenne mais élégante. Par son origine grecque, qu'elle tenait de sa mère, elle rappelait le type de ces belles jeunes femmes de Laconie, qui l'emportent sur toutes celles du Péloponnèse.

Entre la fille et le père, l'intimité n'était pas et ne pouvait être profonde. Le banquier vivait seul, silencieux, réservé, — un de ces hommes qui détournent le plus souvent la tête et voilent leurs yeux comme si la lumière les blessait. Peu communicatif, aussi bien dans sa vie privée que dans sa vie publique, il ne se livrait jamais, même dans ses rapports avec les clients de sa maison. Comment Hadjine Elizundo eût-elle éprouvé quelque charme à cette existence murée, puisque, entre ces murs, c'est à peine si elle trouvait le cœur d'un père!

Heureusement, près d'elle, il y avait un être bon, dévoué, aimant, qui ne vivait que pour sa jeune maîtresse, qui s'attristait de ses tristesses, dont la physionomie s'éclairait s'il la voyait sourire. Toute sa vie tenait dans celle d'Hadjine. A ce portrait, on pourrait croire qu'il s'agit d'un brave et fidèle chien, un de ces « aspirants à l'humanité » a dit Michelet, « un humble ami, » a dit Lamartine. Non! ce n'était qu'un homme, mais il eût mérité d'être chien. Il avait vu naître Hadjine, il ne l'avait jamais quittée, il l'avait bercée enfant, il la servait jeune fille.

C'était un Grec, nommé Xaris, un frère de lait de la mère d'Hadjine, qui l'avait suivie après son mariage avec le banquier de Corfou. Il était donc depuis plus de vingt ans dans la maison, occupant une situation au-dessus de celle d'un simple serviteur, aidant même Elizundo, lorsqu'il ne s'agissait que de quelques écritures à passer.

Henry d'Albaret sauva la vie d'Andronika. (Page 37.)

Xaris, comme certains types de la Laconie, était de haute taille, large d'épaules, d'une force musculaire exceptionnelle. Belle figure, beaux yeux francs, nez long et arqué que soulignaient de superbes moustaches noires. Sur sa tête, la calotte de laine sombre ; à sa ceinture, l'élégante fustanelle de son pays.

Lorsque Hadjine Elizundo sortait, soit pour les besoins du ménage, soit pour se rendre à l'église catholique de Saint-Spiridion, soit pour aller respirer quelque peu de cet air marin qui n'arrivait guère jusqu'à la maison de la Strada Reale, Xaris l'accompagnait. Bien des jeunes

Xaris accompagnait Hadjine Elizundo. (Page 40.)

Corfiotes l'avaient ainsi pu voir sur l'Esplanade et même dans les rues du faubourg de Kastradès qui s'étend le long de la baie de ce nom. Plus d'un
avait tenté d'arriver jusqu'à son père. Qui n'eût été entraîné par la beauté de
la jeune fille, et peut-être aussi par les millions de la maison Elizundo? Mais,
à toutes les propositions de ce genre, Hadjine avait répondu négativement.
De son côté, le banquier ne s'était jamais entremis pour modifier sa résolution. Et pourtant, l'honnête Xaris eût donné, pour que sa jeune maîtresse
fût heureuse en ce monde, toute la part de bonheur auquel un dévouement
sans bornes lui donnait droit dans l'autre !

6

Telle était donc cette maison sévère, triste, comme isolée dans un coin de la capitale de l'ancienne Corcyre ; tel, cet intérieur au milieu duquel les hasards de sa vie allaient introduire Henry d'Albaret.

Ce furent des rapports d'affaires qui s'établirent, tout d'abord, entre le banquier et l'officier français. En quittant Paris, celui-ci avait pris des traites importantes sur la maison Elizundo. Ce fut à Corfou qu'il vint les toucher. Ce fut de Corfou qu'il tira ensuite tout l'argent dont il eut besoin pendant ses campagnes de Philhellène. A plusieurs reprises, il revint dans l'île, et c'est ainsi qu'il fit la connaissance d'Hadjine Elizundo. La beauté de la jeune fille l'avait frappé. Son souvenir le suivit sur les champs de bataille de la Morée et de l'Attique.

Après la reddition de l'Acropole, Henry d'Albaret n'eut rien de mieux à faire que de revenir à Corfou. Il était mal remis de sa blessure. Les fatigues excessives du siège avaient altéré sa santé. Là, tout en vivant en dehors de la maison du banquier, il y trouva chaque jour une hospitalité de quelques heures, qu'aucun étranger n'avait pu jusqu'alors obtenir.

Il y avait trois mois environ que Henry d'Albaret vivait ainsi. Peu à peu, ses visites à Elizundo, qui ne furent d'abord que des visites d'affaires, devinrent plus intéressées en devenant quotidiennes. Hadjine plaisait beaucoup au jeune officier. Comment ne s'en serait-elle pas aperçue, en le trouvant si assidu près d'elle, tout entier au charme de l'entendre et de la voir ! De son côté, ces soins que nécessitait l'état de sa santé fort compromise, elle n'avait point hésité à les lui rendre. Henry d'Albaret ne put se trouver que très bien d'un pareil régime.

D'ailleurs, Xaris ne cachait point la sympathie que lui inspirait le caractère si franc, si aimable, d'Henry d'Albaret, auquel il s'attachait, lui, de plus en plus.

« Tu as raison, Hadjine, répétait-il souvent à la jeune fille. La Grèce est ta patrie comme elle est la mienne, et il ne faut pas oublier que, si ce jeune officier a souffert, c'est en combattant pour elle !

— Il m'aime ! » dit-elle un jour à Xaris.

Et cela, la jeune fille le dit avec la simplicité qu'elle mettait en toutes choses.

« Eh bien, il faut te laisser aimer ! répondit Xaris. Ton père vieillit, Hadjine ! Moi, je ne serai pas toujours là !... Où trouverais-tu, dans la vie, un plus sûr protecteur qu'Henry d'Albaret ? »

Hadjine n'avait rien répondu. Il aurait fallu dire que, si elle se savait aimée, elle aimait aussi. Une réserve toute naturelle lui défendait d'avouer ce sentiment, même à Xaris.

Cependant, les choses en étaient là. Ce n'était plus un secret pour personne dans la société corfiote. Avant même qu'il en eût été officiellement question, on parlait du mariage d'Henry d'Albaret et d'Hadjine Elizundo, comme s'il eût été décidé.

Il convient de faire observer que le banquier n'avait point paru regretter les assiduités du jeune officier auprès de sa fille. Ainsi que le disait Xaris, il se sentait vieillir, et rapidement. Quelle que fût la sécheresse de son cœur, il devait craindre qu'Hadjine ne restât seule dans la vie, bien qu'il sut à quoi s'en tenir sur la fortune dont elle hériterait. Cette question d'argent, d'ailleurs, n'avait jamais été pour intéresser Henry d'Albaret. Que la fille du banquier fût riche ou non, cela n'était pas de nature à le préoccuper, même un instant. L'amour qu'il éprouvait pour cette jeune fille prenait naissance dans des sentiments bien autrement élevés, non dans des intérêts vulgaires. C'était pour sa bonté autant que pour sa beauté qu'il l'aimait. C'était pour cette vive sympathie que lui inspirait la situation d'Hadjine dans ce triste milieu. C'était pour la noblesse de ses idées, la grandeur de ses vues, pour l'énergie de cœur dont il la sentait capable, si jamais elle était mise à même de la montrer.

Et cela se comprenait bien, lorsque Hadjine parlait de la Grèce opprimée et des efforts surhumains que ses enfants faisaient pour la rendre libre. Sur ce terrain, les deux jeunes gens ne pouvaient se rencontrer que dans le plus complet accord.

Aussi, que d'heures émues ils passèrent en causant de toutes ces choses dans cette langue grecque qu'Henry d'Albaret parlait maintenant comme la sienne! Quelle joie intimement partagée, lorsqu'un succès maritime venait compenser les revers dont la Morée ou l'Attique étaient le théâtre! Il fallut qu'Henry d'Albaret racontât en détail toutes les affaires auxquelles il avait pris part, qu'il redît les noms des nationaux et des étrangers qui s'illustraient dans ces luttes sanglantes, et ceux de ces femmes que, libre d'elle-même, Hadjine Elizundo eût voulu imiter, — Bobolina, Modena, Zacharias, Kaïdos, sans oublier cette courageuse Andronika que le jeune officier avait arrachée au massacre de Chaïdari.

Et même, un jour, Henry d'Albaret, ayant prononcé le nom de cette femme,

Elizundo, qui écoutait cette conversation, fit un mouvement de nature à attirer l'attention de sa fille.

« Qu'avez-vous, mon père? demanda-t-elle.

— Rien, » répondit le banquier.

Puis, s'adressant au jeune officier du ton d'un homme qui veut paraître indifférent à ce qu'il dit :

« Vous avez connu cette Andronika? demanda-t-il.

— Oui, monsieur Elizundo.

— Et savez-vous ce qu'elle est devenue?

— Je l'ignore, répondit Henry d'Albaret. Après le combat de Chaidari, je pense qu'elle a dû regagner les provinces du Magne qui est son pays natal. Mais, un jour ou l'autre, je m'attends à la voir reparaître sur les champs de bataille de la Grèce...

— Oui ! ajouta Hadjine, là où il faut être! »

Pourquoi Elizundo avait-il fait cette question à propos d'Andronika? Personne ne le lui demanda. Il n'eût certainement répondu que d'une façon évasive. Mais cela ne laissa pas de préoccuper sa fille, peu au courant des relations du banquier. Pouvait-il donc y avoir un lien quelconque entre son père et cette Andronika qu'elle admirait?

D'ailleurs, en ce qui concernait la guerre de l'Indépendance, Elizundo était d'une absolue réserve. A quel parti allaient ses vœux, aux oppresseurs ou aux opprimés? il eût été difficile de le dire, — si tant est qu'il fût homme à faire des vœux pour quelqu'un ou pour quelque chose. Ce qui était certain, c'est que son courrier lui apportait au moins autant de lettres expédiées de la Turquie que de la Grèce.

Mais, il importe de le répéter, bien que le jeune officier se fût dévoué à la cause des Hellènes, Elizundo ne lui en avait pas moins fait bon accueil dans sa maison.

Cependant, Henry d'Albaret ne pouvait y prolonger son séjour. Remis maintenant de ses fatigues, il était décidé à faire jusqu'au bout ce qu'il considérait comme un devoir. Il en parlait souvent à la jeune fille.

« C'est votre devoir, en effet! lui répondait Hadjine. Quelque douleur que puisse me causer votre départ, Henry, je comprends que vous devez rejoindre vos compagnons d'armes! Oui! tant que la Grèce n'aura pas retrouvé son indépendance, il faut lutter pour elle!

— Je partirai, Hadjine, je vais partir! dit un jour Henry d'Albaret. Mais, si je pouvais emporter avec moi la certitude que vous m'aimez comme je vous aime...

— Henry, je n'ai aucun motif de cacher les sentiments que vous m'inspirez, répondit Hadjine. Je ne suis plus une enfant, et c'est avec le sérieux qui convient que j'envisage l'avenir. J'ai foi en vous, ajouta-t-elle en lui tendant la main, ayez foi en moi ! Telle vous me laisserez en partant, telle vous me retrouverez au retour ! »

Henry d'Albaret avait pressé la main que lui donnait Hadjine comme gage de ses sentiments.

« Je vous remercie de toute mon âme ! répondit-il. Oui ! nous sommes bien l'un à l'autre... déjà ! Et si notre séparation n'en est que plus pénible, du moins emporterai-je cette assurance avec moi que je suis aimé de vous !... Mais, avant mon départ, Hadjine, je veux avoir parlé à votre père !... Je veux être certain qu'il approuve notre amour, et qu'aucun obstacle ne viendra de lui...

— Vous agirez sagement, Henry, répondit la jeune fille. Ayez sa promesse comme vous avez la mienne ! »

Et Henry d'Albaret ne dut pas tarder à le faire, car il s'était décidé à reprendre du service sous le colonel Fabvier.

En effet, les choses allaient de mal en pis pour la cause de l'indépendance. La convention de Londres n'avait encore produit aucun effet utile, et l'on pouvait se demander si les puissances ne s'en tiendraient pas, vis-à-vis du sultan, à des observations purement officieuses, et par conséquent toutes platoniques.

D'ailleurs, les Turcs, infatués de leurs succès, paraissaient assez peu disposés à rien céder de leurs prétentions. Bien que deux escadres, l'une anglaise, commandée par l'amiral Codrington, l'autre française, sous les ordres de l'amiral de Rigny, parcourussent alors la mer Égée, et, bien que le gouvernement grec fût venu s'installer à Égine pour y délibérer dans de meilleures conditions de sécurité, les Turcs faisaient preuve d'une opiniâtreté qui les rendait redoutables.

On le comprenait, du reste, en voyant toute une flotte de quatre-vingt-douze navires ottomans, égyptiens et tunisiens, que la vaste rade de Navarin venait de recevoir à la date du 7 septembre. Cette flotte portait un immense approvisionnement qu'Ibrahim allait prendre pour subvenir aux besoins d'une expédition qu'il préparait contre les Hydriotes.

Or, c'était à Hydra qu'Henry d'Albaret avait résolu de rejoindre le corps des volontaires. Cette île, située à l'extrémité de l'Argolide, est l'une des plus riches de l'Archipel. De son sang, de son argent, après avoir tant fait pour la cause des Hellènes que défendaient ses intrépides marins, Tombasis, Miaoulis, Tsamados, si redoutés des capitans turcs, elle se voyait alors menacée des plus terribles représailles.

Henry d'Albaret ne pouvait donc tarder à quitter Corfou, s'il voulait devancer à Hydra les soldats d'Ibrahim. Aussi, son départ fut-il définitivement fixé au 21 octobre.

Quelques jours avant, ainsi que cela avait été convenu, le jeune officier vint trouver Elizundo et lui demanda la main de sa fille. Il ne lui cacha pas qu'Hadjine serait heureuse qu'il voulût bien approuver sa démarche. D'ailleurs, il ne s'agissait que d'obtenir son assentiment. Le mariage ne serait célébré qu'au retour d'Henry d'Albaret. Son absence, il l'espérait du moins, ne pouvait plus être de longue durée.

Le banquier connaissait la situation du jeune officier, l'état de sa fortune, la considération dont jouissait sa famille en France. Il n'avait donc point à provoquer d'explication à cet égard. De son côté, son honorabilité était parfaite, et jamais le moindre bruit défavorable n'avait couru sur sa maison. Au sujet de sa propre fortune, comme Henry d'Albaret ne lui en parla même pas, il garda le silence. Quant à la proposition elle-même, Elizundo répondit qu'elle lui agréait. Ce mariage ne pouvait que le rendre heureux, puisqu'il devait faire le bonheur de sa fille.

Tout cela fut dit assez froidement, mais l'important était que cela eût été dit. Henry d'Albaret avait maintenant la parole d'Elizundo, et, en échange, le banquier reçut de sa fille un remerciement qu'il prit avec sa réserve accoutumée.

Tout semblait donc aller pour la plus grande satisfaction des deux jeunes gens, et, il faut ajouter, pour le plus parfait contentement de Xaris. Cet excellent homme pleura comme un enfant, et il eût volontiers pressé le jeune officier sur sa poitrine!

Cependant, Henry d'Albaret n'avait plus que peu de temps à rester près d'Hadjine Elizundo. C'était sur un brick levantin qu'il avait pris la résolution de s'embarquer, et ce brick devait quitter Corfou, le 21 du mois, à destination d'Hydra.

Ce que furent ces derniers jours qui se passèrent dans la maison de la

Strada Reale, on le devine sans qu'il soit nécessaire d'y insister. Henry d'Albaret et Hadjine ne se quittèrent pas d'une heure. Ils causaient longuement dans la salle basse, au rez-de-chaussée de la triste habitation. La noblesse de leurs sentiments donnait à ces entretiens un charme pénétrant qui en adoucissait la note un peu sérieuse. L'avenir, ils se disaient qu'il était à eux, si le présent, pour ainsi dire, leur échappait encore. Ce fut donc ce présent qu'ils voulurent envisager avec sang-froid. Tous deux en calculèrent les chances, bonnes ou mauvaises, mais sans découragement, sans faiblesse. Et, en parlant ainsi, ils ne cessaient de s'exalter pour cette cause, à laquelle Henry d'Albaret allait encore se dévouer.

Un soir, le 20 octobre, pour la dernière fois, ils se redisaient ces choses, mais avec plus d'émotion peut-être. C'était le lendemain que le jeune officier devait partir.

Soudain, Xaris entra dans la salle. Il ne pouvait parler. Il était haletant. Il avait couru, et quelle course! En quelques minutes, ses robustes jambes l'avaient ramené, à travers toute la ville, depuis la citadelle jusqu'à l'extrémité de la Strada Reale.

« Eh bien, que veux-tu?... Qu'as-tu, Xaris?... Pourquoi cette émotion?... demanda Hadjine.

— Ce que j'ai... ce que j'ai!... Une nouvelle!... Une importante... une grave nouvelle!

— Parlez!... parlez!... Xaris! dit à son tour Henry d'Albaret, ne sachant s'il devait se réjouir ou s'inquiéter.

— Je ne peux pas!... Je ne peux pas! répondait Xaris, que son émotion étranglait positivement.

— S'agit-il donc d'une nouvelle de la guerre? demanda la jeune fille, en lui prenant la main.

— Oui!... Oui!

— Mais parle donc!... répétait-elle. Parle donc, mon bon Xaris!... Qu'y a-t-il?

— Turcs... aujourd'hui... battus... à Navarin! »

C'est ainsi qu'Henry d'Albaret et Hadjine apprirent la nouvelle de la bataille navale du 20 octobre.

Le banquier Elizundo venait d'entrer dans la salle, au bruit de cet envahissement de Xaris. Lorsqu'il sut ce dont il s'agissait, ses lèvres se serrèrent involontairement, son front se contracta, mais il ne témoigna ni satisfaction

Corfou. — Vue générale.

ni déplaisir, tandis que les deux jeunes gens laissaient franchement déborder leur cœur.

La nouvelle de la bataille de Navarin venait, en effet, d'arriver à Corfou. A peine se fut-elle répandue dans toute la ville qu'on en connut presque aussitôt les détails, apportés télégraphiquement par les appareils aériens de la côte albanaise.

Les escadres anglaise et française, auxquelles s'était réunie l'escadre russe, comprenant vingt-sept vaisseaux et douze cent-soixante-seize canons, avaient attaqué la flotte ottomane en forçant les passes de la rade de Nava-

Navarin apparut à travers la percée. (Page 55.)

rin. Bien que les Turcs fussent supérieurs en nombre, puisqu'ils comptaient soixante vaisseaux de toute grandeur, armés de dix-neuf cent quatre-vingt-quatorze canons, ils venaient d'être vaincus. Plusieurs de leurs navires avaient coulé ou sauté avec un grand nombre d'officiers et de matelots. Ibrahim ne pouvait donc plus rien attendre de la marine du sultan pour l'aider dans son expédition contre Hydra.

C'était là un fait d'une importance considérable. En effet, il devait être le point de départ d'une nouvelle période pour les affaires de Grèce. Bien que les trois puissances fussent décidées d'avance à ne point tirer parti

de cette victoire en écrasant la Porte, il paraissait certain que leur accord·
finirait par arracher le pays des Hellènes à la domination ottomane, certain
aussi que, dans un temps plus ou moins court, l'autonomie du nouveau·
royaume serait faite.

Ainsi en jugea-t-on dans la maison du banquier Elizundo. Hadjine, Henry
d'Albaret, Xaris, avaient battu des mains. Leur joie trouva un écho dans
toute la ville. C'était l'indépendance que les canons de Navarin venaient·
d'assurer aux enfants de la Grèce.

Et tout d'abord, les desseins du jeune officier furent absolument modifiés par
cette victoire des puissances alliées, ou plutôt — car l'expression est meilleure,
— par cette défaite de la marine turque. Par suite, Ibrahim devait renoncer à
entreprendre la campagne qu'il méditait contre Hydra. Aussi n'en fut-il plus
question.

De là, un changement dans les projets formés par Henry d'Albaret avant
cette date du 20 octobre. Il n'était plus nécessaire qu'il allât rejoindre les
volontaires accourus à l'aide des Hydriotes. Il résolut donc d'attendre à Corfou
les événements qui allaient être la conséquence naturelle de cette bataille de
Navarin.

Quoi qu'il en fût, le sort de la Grèce ne pouvait plus être douteux.
L'Europe ne la laisserait pas écraser. Avant peu, dans toute la péninsule
hellénique, le croissant aurait cédé la place au drapeau de l'indépendance.
Ibrahim, déjà réduit à occuper le centre et les villes littorales du Péloponnèse,
serait enfin contraint à les évacuer.

Dans ces conditions, sur quel point de la péninsule se fût dirigé Henry
d'Albaret? Sans doute, le colonel Fabvier se préparait à quitter Mitylène pour
aller faire campagne contre les Turcs dans l'île de Scio; mais ses préparatifs
n'étaient pas achevés, et ils ne le seraient pas avant quelque temps. Il n'y
avait donc pas lieu de songer à un départ immédiat.

C'est ainsi que le jeune officier jugea la situation. C'est ainsi qu'Hadjine
la jugea avec lui. Donc plus aucun motif pour remettre le mariage. Elizundo, d'ailleurs, ne fit aucune objection à ce qu'il s'accomplît sans retard.
Aussi, sa date fut-elle fixée à dix jours de là, c'est-à-dire à la fin du mois
d'octobre.

Il est inutile d'insister sur les sentiments que l'approche de leur union
fit naître dans le cœur des deux fiancés. Plus de départ pour cette guerre,
dans laquelle Henry d'Albaret pouvait laisser la vie! Plus rien de cette

attente douloureuse pendant laquelle Hadjine eût compté les jours et les heures! Xaris, s'il est possible, était encore le plus heureux de toute la maison. Il se fût agi de son propre mariage que sa joie n'aurait pas été plus débordante. Il n'était pas jusqu'au banquier dont, malgré sa froideur habituelle, la satisfaction ne fût visible. C'était l'avenir de sa fille assuré.

On convint que les choses seraient faites simplement, et il parut inutile que la ville entière fût invitée à cette cérémonie. Ni Hadjine, ni Henry d'Albaret n'étaient de ceux qui veulent tant de témoins à leur bonheur. Mais cela nécessitait toujours quelques préparatifs, dont ils s'occupèrent sans ostentation.

On était au 23 octobre. Il n'y avait plus que sept jours à attendre avant la célébration du mariage. Il ne semblait donc pas qu'il pût y avoir d'obstacle à redouter, de retard à craindre. Et pourtant, un fait se produisit qui aurait très vivement inquiété Hadjine et Henry d'Albaret, s'ils en eussent eu connaissance.

Ce jour-là, dans son courrier du matin, Elizundo trouva une lettre, dont la lecture lui porta un coup inattendu. Il la froissa, il la déchira, il la brûla même, — ce qui dénotait un trouble profond chez un homme aussi maître de lui que le banquier.

Et l'on aurait pu l'entendre murmurer ces mots :

« Pourquoi cette lettre n'est-elle pas arrivée huit jours plus tard Maudit soit celui qui l'a écrite! »

V

LA COTE MESSÉNIENNE.

Pendant toute la nuit, après avoir quitté Vitylo, la *Karysta* s'était dirigée vers le sud-ouest, de manière à traverser obliquement le golfe de Coron. Nicolas Starkos était redescendu dans sa cabine, et il ne devait pas reparaître avant le lever du jour.

Le vent était favorable, — une de ces fraîches brises du sud-est qui règnent généralement dans ces mers, à la fin de l'été et au commencement du printemps, vers l'époque des solstices, lorsque se résolvent en pluie les vapeurs de la Méditerranée.

Au matin, le cap Gallo fut doublé à l'extrémité de la Messénie, et les derniers sommets du Taygète, qui délimitent ses flancs abrupts, se noyèrent bientôt dans la buée du soleil levant.

Lorsque la pointe du cap eut été dépassée, Nicolas Starkos reparut sur le pont de la sacolève. Son premier regard se porta vers l'est.

La terre du Magne n'était plus visible. De ce côté, maintenant, se dressaient les puissants contreforts du mont Hagios-Dimitrios, un peu en arrière du promontoire.

Un instant, le bras du capitaine se tendit dans la direction du Magne. Était-ce un geste de menace? Était-ce un éternel adieu jeté à sa terre natale? Qui l'eût pu dire? Mais il n'avait rien de bon, le regard que lancèrent à ce moment les yeux de Nicolas Starkos!

La sacolève, bien appuyée sous ses voiles carrées et sous ses voiles latines, prit les amures à tribord et commença à remonter dans le nord-ouest. Mais, comme le vent venait de terre, la mer se prêtait à toutes les conditions d'une navigation rapide.

La *Karysta* laissa sur la gauche les îles OEnusses, Cabrera, Sapienza et Venetico; puis, elle piqua droit à travers la passe, entre Sapienza et la terre, de manière à venir en vue de Modon.

Devant elle se développait alors la côte messénienne avec le merveilleux panorama de ses montagnes, qui présentent un caractère volcanique très marqué. Cette Messénie était destinée à devenir, après la constitution définitive du royaume, un des treize nômes ou préfectures, dont se compose la Grèce moderne, en y comprenant les îles Ioniennes. Mais, à cette époque, ce n'était encore qu'un des nombreux théâtres de la lutte, tantôt aux mains d'Ibrahim, tantôt aux mains des Grecs, suivant le sort des armes, comme elle fut autrefois le théâtre de ces trois guerres de Messénie, soutenues contre les Spartiates, et qu'illustrèrent les noms d'Aristomène et d'Épaminondas.

Cependant, Nicolas Starkos, sans prononcer une seule parole, après avoir vérifié au compas la direction de la sacolève et observé l'apparence du temps, était allé s'asseoir à l'arrière.

Sur ces entrefaites, différents propos s'échangèrent à l'avant entre l'équipage de la *Karysta* et les dix hommes embarqués la veille à Vitylo, — en tout une vingtaine de marins, avec un simple maître pour les commander sous les ordres du capitaine. Il est vrai, le second de la sacolève n'était pas à bord en ce moment.

Et voici ce qui se dit à propos de la destination actuelle de ce petit bâtiment, puis de la direction qu'il suivait en remontant les côtes de la Grèce. Il va de soi que les demandes étaient faites par les nouveaux et les réponses par les anciens de l'équipage.

« Il ne parle pas souvent, le capitaine Starkos!

— Le plus rarement possible ; mais quand il parle, il parle bien, et il n'est que temps de lui obéir !

— Et où va la *Karysta*?

— On ne sait jamais où va la *Karysta*.

— Par le diable ! nous nous sommes engagés de confiance, et peu importe, après tout !

— Oui ! et soyez sûrs que là où le capitaine nous mène, c'est là qu'il faut aller !

— Mais ce n'est pas avec ses deux petites caronades de l'avant que la *Karysta* peut se hasarder à donner la chasse aux bâtiments de commerce de l'Archipel !

— Aussi n'est-elle point destinée à écumer les mers ! Le capitaine Starkos a d'autres navires, ceux-là bien armés, bien équipés pour la course ! La *Karysta*, c'est comme qui dirait son yacht de plaisance ! Aussi, voyez quel petit air elle vous a, auquel les croiseurs français, anglais, grecs ou turcs, se laisseront parfaitement attraper !

— Mais les parts de prise?...

— Les parts de prise sont à ceux qui prennent, et vous serez de ceux-là, lorsque la sacolève aura fini sa campagne ! Allez, vous ne chômerez pas, et, s'il y a danger, il y aura profit !

— Ainsi, il n'y a rien à faire maintenant dans les parages de la Grèce et des îles?

— Rien... pas plus que dans les eaux de l'Adriatique, si la fantaisie du capitaine nous emmène de ce côté ! Donc, jusqu'à nouvel ordre, nous voilà d'honnêtes marins, à bord d'une honnête sacolève, courant honnêtement la mer Ionienne ! Mais, ça changera !

— Et le plus tôt sera le mieux ! »

On le voit, les nouveaux embarqués, aussi bien que les autres marins de la *Karysta*, n'étaient point gens à bouder devant la besogne, quelle qu'elle fût. Des scrupules, des remords, même de simples préjugés, il ne fallait rien demander de tout cela à cette population maritime du bas Magne. En vérité, ils étaient dignes de celui qui les commandait, et celui-là savait qu'il pouvait compter sur eux.

Mais, si ceux de Vitylo connaissaient le capitaine Starkos, ils ne connaissaient point son second, tout à la fois officier de marine et homme d'affaires, —son âme damnée, en un mot. C'était un certain Scopélo, originaire de Cérigotto, petite île assez mal famée, située sur la limite méridionale de l'Archipel, entre Cérigo et la Crète. C'est pourquoi l'un des nouveaux, s'adressant au maître d'équipage de la *Karysta* :

« Et le second? demanda-t-il.

— Le second n'est point à bord, fut-il répondu.

— On ne le verra pas?

— Si,

— Quand cela?

— Quand il faudra qu'on le voie!

— Mais où est-il?

— Où il doit être! »

Il fallut se contenter de cette réponse, qui n'apprenait rien. En ce moment, d'ailleurs, le sifflet du maître d'équipage appela tout le monde en haut pour raidir les écoutes. Aussi, la conversation du gaillard d'avant fut-elle coupée net en cet endroit.

En effet, il s'agissait de serrer un peu plus le vent, afin de ranger, à la distance d'un mille, la côte messénienne. Vers midi, la *Karysta* passait en vue de Modon. Là n'était point sa destination. Elle n'alla donc pas relâcher à cette petite ville, élevée sur les ruines de l'ancienne Méthone, au bout d'un promontoire qui projette sa pointe rocheuse vers l'île de Sapienza. Bientôt, derrière un retour de falaises, se perdit le phare qui se dresse à l'entrée du port.

Un signal, cependant, avait été fait à bord de la sacolève. Une flamme noire, écartelée d'un croissant rouge, était montée à l'extrémité de la grande antenne. Mais, de terre, on n'y répondit point. Aussi, la route fut-elle continuée dans la direction du nord.

Le soir, la *Karysta* arrivait à l'entrée de la rade de Navarin, sorte de grand lac maritime, encadré dans une bordure de hautes montagnes. Un instant, la ville, dominée par la masse confuse de sa citadelle, apparut à travers la percée d'une gigantesque roche. Là était l'extrémité de cette jetée naturelle, qui contient la fureur des vents du nord-ouest, dont cette longue outre de l'Adriatique verse des torrents sur la mer Ionienne.

Le soleil couchant éclairait encore la cime des dernières hauteurs, à l'est; mais l'ombre obscurcissait déjà la vaste rade.

Cette fois, l'équipage aurait pu croire que la *Karysta* allait relâcher à Navarin. En effet, elle donna franchement dans la passe de Mégalo-Thouro, au sud de cette étroite île de Sphactérie, qui se développe sur une longueur de quatre mille mètres environ. Là se dressaient déjà deux.tombeaux, élevés à deux des plus nobles victimes de la guerre : celui du capitaine français Mallet, tué en 1825, et, au fond d'une grotte, celui du comte de Santa-Rosa, un Phil-hellène italien, ancien ministre du Piémont, mort la même année pour la même cause.

Lorsque la sacolève ne fut plus qu'à une dizaine d'encablures de la ville, elle mit en travers, son foc bordé au vent. Un fanal rouge monta, comme l'avait fait la flamme noire, à l'extrémité de sa grande antenne. Il ne fut pas non plus répondu à ce signal.

La *Karysta* n'avait rien à faire sur cette rade, où l'on pouvait compter alors un très grand nombre de vaisseaux turcs. Elle manœuvra donc de manière à venir ranger l'îlot blanchâtre de Kouloneski, situé à peu près au milieu. Puis, au commandement du maître d'équipage, les écoutes ayant été légèrement mollies, la barre fut mise à tribord, — ce qui permit de revenir vers la lisière de Sphactérie.

C'était sur cet îlot de Kouloneski que plusieurs centaines de Turcs, surpris par les Grecs, avaient été confinés au début de la guerre, en 1821, et c'est là qu'ils moururent de faim, bien qu'ils se fussent rendus sur la promesse qu'on les transporterait en pays ottoman.

Aussi, plus tard, en 1825, lorsque les troupes d'Ibrahim assiégèrent Sphac-térie, que Maurocordato défendait en personne, huit cents Grecs y furent-ils massacrés par représailles.

La sacolève se dirigeait alors vers la passe de Sikia, ouverte sur deux cents mètres de large au nord de l'île, entre sa pointe septentrionale et le promon-toire de Coryphasion. Il fallait bien connaître le chenal pour s'y aventurer, car il est presque impraticable aux navires, dont le tirant d'eau exige quelque

Un fanal rouge monta. (Page 55.)

profondeur. Mais Nicolas Starkos, comme l'eût fait le meilleur des pilotes de
la rade, rangea hardiment les roches escarpées de la pointe de l'île et doubla
le promontoire de Coryphasion. Puis, ayant aperçu en dehors plusieurs escadres au mouillage, — une trentaine de bâtiments français, anglais et russes, —
il les évita prudemment, remonta pendant la nuit le long de la côte messénienne, se glissa entre la terre et l'île de Prodana, et, le matin venu, la
sacolève, enlevée par une fraîche brise du sud-est, suivait les sinuosités du
littoral sur les paisibles eaux du golfe d'Arkadia.

Le soleil montait alors derrière la cime de cet Ithôme, d'où le regard,

« Skopélo est aux ordres de Nicolas Starkos. » (Page 59.)

après avoir embrassé l'emplacement de l'ancienne Messène, va se perdre, d'un côté, sur le golfe de Coron, et de l'autre, sur le golfe auquel la ville d'Arkadia a donné son nom. La mer brasillait par longues plaques que ridait la brise aux premiers rayons du jour.

Dès l'aube, Nicolas Starkos manœuvra de manière à passer aussi près que possible en vue de la ville, située sur une des concavités de la côte qui s'arrondit en formant une large rade foraine.

Vers dix heures, le maître d'équipage vint à l'arrière de la sacolève, et se tint devant le capitaine dans l'attitude d'un homme qui attend des ordres.

8

Tout l'immense écheveau des montagnes de l'Arcadie se déroulait alors à l'est. Villages perdus à mi-colline dans les massifs d'oliviers, d'amandiers et de vignes, ruisseaux coulant vers le lit de quelque tributaire, entre les bouquets de myrtes et de lauriers-rose; puis, accrochés à toutes les hauteurs, sur tous les revers, suivant toutes les orientations, des milliers de plants de ces fameuses vignes de Corinthe, qui ne laissaient pas un pouce de terre inoccupé; plus bas, sur les premières rampes, les maisons rouges de la ville, étincelant comme de grands morceaux d'étamine sur le fond d'un rideau de cyprès : ainsi se présentait ce magnifique panorama de l'une des plus pittoresques côtes du Péloponnèse.

Mais, à s'approcher plus près d'Arkadia, cette antique Cyparissia, qui fut le principal port de la Messénie au temps d'Épaminondas, puis, l'un des fiefs du Français Ville-Hardouin, après les Croisades, quel désolant spectacle pour les yeux, que de douloureux regrets pour quiconque aurait eu la religion des souvenirs!

Deux ans auparavant, Ibrahim avait détruit la ville, massacré enfants, femmes et vieillards! En ruines, son vieux château, bâti sur l'emplacement de l'ancienne acropole; en ruines, son église Saint-George, que de fanatiques musulmans avaient dévastée; en ruines encore, ses maisons et ses édifices publics!

« On voit bien que nos amis les Égyptiens ont passé là! murmura Nicolas Starkos, qui n'éprouva même pas un serrement de cœur devant cette scène de désolation.

— Et maintenant, les Turcs y sont les maîtres! répondit le maître d'équipage.

— Oui... pour longtemps... et même, il faut l'espérer, pour toujours! ajouta le capitaine.

— La *Karysta* accostera-t-elle, ou laissons-nous porter? »

Nicolas Starkos observa attentivement le port, dont il n'était plus éloigné que de quelques encâblures. Puis, ses regards se dirigèrent vers la ville même, bâtie un mille en arrière, sur un contrefort du mont Psykhro. Il semblait hésiter sur ce qu'il conviendrait de faire en vue d'Arkadia : accoster le môle, ou reprendre le large.

Le maître d'équipage attendait toujours que le capitaine répondît à sa proposition.

« Envoyez le signal! » dit enfin Nicolas Starkos.

La flamme rouge à croissant d'argent monta au bout de l'antenne et se déroula dans l'air.

Quelques minutes après, une flamme pareille flottait à l'extrémité d'un mât élevé sur le musoir du port.

« Accoste ! » dit le capitaine.

La barre fut mise dessous, et la sacolève vint au plus près. Dès que l'entrée du port eut été suffisamment ouverte, elle laissa porter franchement. Bientôt les voiles de misaine furent amenées, puis la grande voile, et la *Karysta* donna dans le chenal sous son tape-cul et son foc. Son erre lui suffit pour atteindre le milieu du port. Là, elle laissa tomber l'ancre, et les matelots s'occupèrent des diverses manœuvres qui suivent un mouillage.

Presque aussitôt, le canot était mis à la mer, le capitaine s'y embarquait, débordait sous la poussée de quatre avirons, accostait un petit escalier de pierre, évidé dans le massif du quai. Un homme l'y attendait, qui lui souhaita la bienvenue en ces termes :

« Skopélo est aux ordres de Nicolas Starkos ! »

Un geste de familiarité du capitaine fut toute sa réponse. Il prit les devants et remonta les rampes, de manière à gagner les premières maisons de la ville. Après avoir passé à travers les ruines du dernier siège, au milieu de rues encombrées de soldats turcs et arabes, il s'arrêta devant une auberge à peu près intacte, à l'enseigne de la *Minerve*, dans laquelle son compagnon entra après lui.

Un instant plus tard, le capitaine Starkos et Skopélo étaient attablés dans une chambre, ayant à portée de la main deux verres et une bouteille de raki, violent alcool tiré de l'asphodèle. Des cigarettes du blond et parfumé tabac de Missolonghi furent roulées, allumées, aspirées ; puis, la conversation commença entre ces deux hommes, dont l'un se faisait volontiers le très humble serviteur de l'autre.

Mauvaise physionomie, basse, cauteleuse, intelligente toutefois, que celle de Skopélo. S'il avait cinquante ans, c'était tout juste, bien qu'il parût un peu plus âgé. Une figure de prêteur sur gages, avec de petits yeux faux mais vifs, des cheveux ras, un nez recourbé, des mains aux doigts crochus, et de longs pieds, dont on aurait pu dire ce que l'on dit des pieds des Albanais : « Que l'orteil est en Macédoine quand le talon est encore en Béotie. » Enfin, une face ronde, pas de moustaches, une barbiche grisonnante au menton, une tête forte, dénudée au crâne, sur un corps resté maigre et de moyenne taille. Ce type de juif arabe, chrétien de naissance cependant, portait un costume très simple, — la veste et la culotte du matelot levantin, — caché sous une sorte de houppelande.

Skopélo était bien l'homme d'affaires qu'il fallait pour gérer les intérêts de ces pirates de l'Archipel, très habile à s'occuper du placement des prises, de la vente des prisonniers livrés sur les marchés turcs et transportés aux côtes barbaresques.

Ce que pouvait être une conversation entre Nicolas Starkos et Skopélo, les sujets sur lesquels elle devait porter, la façon dont les faits de la guerre actuelle seraient appréciés, les profits qu'ils se proposaient d'y faire, il n'est que trop facile de le préjuger.

« Où en est la Grèce? demanda le capitaine.

— A peu près dans l'état où vous l'aviez laissée, sans doute! répondit Skopélo. Voilà un bon mois environ que la *Karysta* navigue sur les côtes de la Tripolitaine, et probablement, depuis votre départ, vous n'avez pu en avoir aucune nouvelle!

— Aucune, en effet.

— Je vous apprendrai donc, capitaine, que les vaisseaux turcs sont prêts à transporter Ibrahim et ses troupes à Hydra.

— Oui, répondit Nicolas Starkos. Je les ai aperçus, hier soir, en traversant la rade de Navarin.

— Vous n'avez relâché nulle part depuis que vous avez quitté Tripoli? demanda Skopélo.

— Si... une seule fois! Je me suis arrêté quelques heures à Vitylo... pour compléter l'équipage de la *Karysta!* Mais, depuis que j'ai perdu de vue les côtes du Magne, il n'a jamais été répondu à mes signaux avant mon arrivée à Arkadia.

— C'est que probablement il n'y avait pas lieu de répondre, répliqua Skopélo.

— Dis-moi, reprit Nicolas Starkos, que font, en ce moment, Miaoulis et Canaris?

— Ils en sont réduits, capitaine, à tenter des coups de main, qui ne peuvent leur assurer que quelques succès partiels, jamais une victoire définitive! Aussi, pendant qu'ils donnent la chasse aux vaisseaux turcs, les pirates ont-ils beau jeu dans tout l'Archipel!

— Et parle-t-on toujours de?..

— De Sacratif? répondit Skopélo en baissant un peu la voix. Oui!.. partout...
et toujours, Nicolas Starkos, et il ne tient qu'à lui qu'on en parle encore
davantage!

— On en parlera! »

Nicolas Starkos s'était levé, après avoir vidé son verre que Skopélo remplit
de nouveau. Il marchait de long en large; puis, s'arrêtant devant la fenêtre,
les bras croisés, il écoutait le grossier chant des soldats turcs qui s'entendait
au loin.

Enfin, il revint s'asseoir en face de Skopélo, et, changeant brusquement le
cours de la conversation :

« J'ai compris à ton signal que tu avais ici un chargement de prisonniers?
demanda-t-il.

— Oui, Nicolas Starkos, de quoi remplir un navire de quatre cents tonneaux! C'est tout ce qui reste du massacre qui a suivi la déroute de Crémmydi!
Sang-Dieu! les Turcs ont un peu trop tué, cette fois! Si on les eût laissés faire,
il ne serait pas resté un seul prisonnier!

— Ce sont des hommes, des femmes?

— Oui, des enfants!... de tout, enfin!

— Où sont-ils?

— Dans la citadelle d'Arkadia.

— Tu les as payés cher?

— Hum! le pacha ne s'est pas montré très accommodant, répondit Skopélo.
Il pense que la guerre de l'Indépendance touche à sa fin... malheureusement!
Or, plus de guerre, plus de bataille! Plus de bataille, plus de razzias, comme
on dit là-bas en Barbarie, plus de razzias, plus de marchandise humaine ou
autre! Mais, si les prisonniers sont rares, cela les fait hausser de prix! C'est
une compensation, capitaine! Je sais de bonne source qu'on manque d'esclaves,
en ce moment, sur les marchés d'Afrique, et nous revendrons ceux-ci à un
prix avantageux!

— Soit! répondit Nicolas Starkos. Tout est-il prêt et peux-tu embarquer à
bord de la *Karysta?*

— Tout est prêt et rien ne me retient plus ici.

— C'est bien, Skopélo. Dans huit ou dix jours, au plus tard, le navire, qui
sera expédié de Scarpanto, viendra prendre cette cargaison. — On la livrera
sans difficulté?

— Sans difficulté, c'est parfaitement convenu, répondit Skopélo, mais contre payement. Il faudra donc s'entendre auparavant avec le banquier Elizundo pour qu'il accepte nos traites. Sa signature est bonne, et le pacha prendra ses valeurs comme de l'argent comptant!

— Je vais écrire à Elizundo que je ne tarderai pas à relâcher à Corfou, où je terminerai cette affaire...

— Cette affaire... et une autre non moins importante, Nicolas Starkos! ajouta Skopélo.

— Peut-être!... répondit le capitaine.

— Et en vérité, ce ne serait que juste! Elizundo est riche... excessivement... dit-on!... Et qui l'a enrichi, si ce n'est notre commerce... et nous... au risque d'aller finir au bout d'une vergue de misaine, au coup de sifflet du maître d'équipage!... Ah! par le temps qui court, il fait bon d'être le banquier des pirates de l'Archipel! Aussi, je le répète, Nicolas Starkos, ce ne serait que juste!

— Qu'est-ce qui ne serait que juste? demanda le capitaine en regardant son second bien en face.

— Eh! ne le savez-vous pas? répondit Skopélo. En vérité, avouez-le, capitaine, vous ne me le demandez que pour me l'entendre répéter une centième fois!

— Peut-être!

— La fille du banquier Elizundo...

— Ce qui est juste sera fait! » répondit simplement Nicolas Starkos en se levant.

Là-dessus, il sortit de l'auberge de la *Minerve*, et, suivi de Skopélo, revint vers le port, à l'endroit où l'attendait son canot.

« Embarque, dit-il à Skopélo. Nous négocierons ces traites avec Elizundo dès notre arrivée à Corfou. Puis, cela fait, tu reviendras à Arkadia pour prendre livraison du chargement.

— Embarque! » répondit Skopélo.

Une heure après, la *Karysta* sortait du golfe. Mais, avant la fin de la journée, Nicolas Starkos pouvait entendre un grondement lointain, dont l'écho lui arrivait du sud.

C'était le canon des escadres combinées qui tonnait sur la rade de Navarin.

VI

SUS AUX PIRATES DE L'ARCHIPEL!

La direction du nord-nord-ouest, tenue par la sacolève, devait lui permettre de suivre ce pittoresque semis des îles Ioniennes, dont on ne perd l'une de vue que pour apercevoir aussitôt l'autre.

Très heureusement pour elle, la *Karysta*, avec son air d'honnête bâtiment levantin, moitié yacht de plaisance, moitié navire de commerce, ne trahissait rien de son origine. En effet, il n'eût pas été prudent à son capitaine de s'aventurer ainsi sous le canon des forts britanniques, à la merci des frégates du Royaume-Uni.

Une quinzaine de lieues marines seulement séparent Arkadia de l'île de Zante, « la fleur du Levant, » ainsi que l'appellent poétiquement les Italiens. Du fond du golfe que traversait alors la *Karysta*, on aperçoit même les sommets verdoyants du mont Scopos, au flanc duquel s'étagent des massifs d'oliviers et d'orangers, qui remplacent les épaisses forêts chantées par Homère et Virgile.

Le vent était bon, une brise de terre bien établie que lui envoyait le sud-est. Aussi, la sacolève, sous ses bonnettes de hunier et de perroquet, fendait-elle rapidement les eaux de Zante, presque aussi tranquilles alors que celles d'un lac.

Vers le soir, elle passait en vue de la capitale qui porte le même nom que l'île. C'est une jolie cité italienne, éclose sur la terre de Zacynthe, fils du Troyen Dardanus. Du pont de la *Karysta*, on n'aperçut que les feux de la ville, qui s'arrondit sur l'espace d'une demi-lieue au bord d'une baie circulaire. Ces lumières, éparses à diverses hauteurs, depuis les quais du port jusqu'à la crête du château d'origine vénitienne, bâti à trois cents pieds au-dessus, formaient comme une énorme constellation, dont les principales étoiles marquaient la place des palais Renaissance de la grande rue et de la cathédrale Saint-Denis de Zacynthe.

ZANTE.

Nicolas Starkos, avec cette population zantiote, si profondément modifiée au contact des Vénitiens, des Français, des Anglais et des Russes, ne pouvait rien avoir de ces rapports commerciaux qui l'unissaient aux Turcs du Péloponnèse. Il n'eut donc aucun signal à envoyer aux vigies du port, ni à relâcher dans cette île, qui fut la patrie de deux poètes célèbres, — l'un italien, Hugo Foscolo, de la fin du xviiie siècle, l'autre Salomos, une des gloires de la Grèce moderne.

La *Karysta* traversa l'étroit bras de mer qui sépare Zante de l'Achaïe et de l'Elide. Sans doute, plus d'une oreille à bord s'offensa des chants qu'appor-

C'était le saut de Leucade. (Page 67.)

tait la brise, comme autant de barcarolles échappées du Lido! Mais, il fallait
bien s'y résigner. La sacolève passa au milieu de ces mélodies italiennes, et,
le lendemain, elle se trouvait par le travers du golfe de Patras, profonde
échancrure que continue le golfe de Lépante jusqu'à l'isthme de Corinthe.

Nicolas Starkos se tenait alors à l'avant de la *Karysta*. Son regard parcourait
toute cette côte de l'Acarnanie, sur la limite septentrionale du golfe. De là
surgissaient de grands et impérissables souvenirs, qui auraient dû serrer le
cœur d'un enfant de la Grèce, si cet enfant n'eût depuis longtemps renié et
trahi sa mère!

9

« Missolonghi ! dit alors Skopélo, en tendant la main dans la direction du nord-est. Mauvaise population ! Des gens qui se font sauter plutôt que de se rendre ! »

Là, en effet, deux ans auparavant, il n'y aurait rien eu à faire pour des acheteurs de prisonniers et des vendeurs d'esclaves. Après dix mois de lutte, les assiégés de Missolonghi, brisés par les fatigues, épuisés par la faim, plutôt que de capituler devant Ibrahim, avaient fait sauter la ville et la forteresse. Hommes, femmes, enfants, tous avaient péri dans l'explosion, qui n'épargna même pas les vainqueurs.

Et, l'année d'avant, presque à cette même place où venait d'être enterré Marco Botsaris, l'un des héros de la guerre de l'Indépendance, était venu mourir, découragé, désespéré, lord Byron, dont la dépouille repose main- tenant à Westminster. Seul, son cœur est resté sur cette terre de Grèce qu'il aimait et qui ne redevint libre qu'après sa mort !

Un geste violent, ce fut toute la réponse que Nicolas Starkos fit à l'obser- vation de Skopélo. Puis, la sacolève, s'éloignant rapidement du golfe de Patras, marcha vers Céphalonie.

Avec ce vent portant, il ne fallait que quelques heures pour franchir la distance qui sépare Céphalonie de l'île Zante. D'ailleurs, la *Karysta* n'alla point chercher Argostoli, sa capitale, dont le port, peu profond, il est vrai, n'en est pas moins excellent pour les navires de médiocre tonnage. Elle s'en- gagea hardiment dans les canaux resserrés qui baignent sa côte orientale, et, vers six heures et demie du soir, elle attaquait la pointe de Thiaki, l'ancienne Ithaque.

Cette île, de huit lieues de long sur une lieue et demie de large, singuliè- rement rocheuse, superbement sauvage, riche de l'huile et du vin qu'elle produit en abondance, compte une dizaine de mille habitants. Sans histoire personnelle, elle a pourtant laissé un nom célèbre dans l'antiquité. Ce fut la patrie d'Ulysse et de Pénélope, dont les souvenirs se retrouvent encore sur les sommets de l'Anogi, dans les profondeurs de la caverne du mont Saint-Etienne, au milieu des ruines du mont Œtos, à travers les campagnes d'Eumée, au pied de ce rocher des Corbeaux, sur lequel durent s'écouler les poétiques eaux de la fontaine d'Aréthuse.

A la nuit tombante, la terre du fils de Laerte avait peu à peu disparu dans l'ombre, une quinzaine de lieues au delà du dernier promontoire de Cépha- lonie. Pendant la nuit, la *Karysta*, prenant un peu le large, afin d'éviter l'étroite passe qui sépare la pointe nord d'Ithaque de la pointe sud de Sainte-Maure, prolongea, à deux milles au plus de son rivage, la côte orientale de cette île.

On aurait pu vaguement apercevoir, à la clarté de la lune, une sorte de falaise blanchâtre, dominant la mer de cent quatre-vingts pieds : c'était le Saut de Leucade, qu'illustrèrent Sapho et Artémise. Mais, de cette île, qui prend aussi le nom de Leucade, il ne restait plus trace dans le sud au soleil levant, et la sacolève, ralliant la côte albanaise, se dirigea, toutes voiles dessus, vers l'île de Corfou.

C'étaient une vingtaine de lieues encore à faire dans cette journée, si Nicolas Starkos voulait arriver, avant la nuit, dans les eaux de la capitale de l'île.

Elles furent rapidement enlevées, ces vingt lieues, par cette hardie *Karysta,* qui força de toile à ce point que son plat-bord glissait au ras de l'eau. La brise avait fraîchi considérablement. Il fallut donc toute l'attention du timonier pour ne pas engager sous cette énorme voilure. Heureusement, les mâts étaient solides, le gréement presque neuf et de qualité supérieure. Pas un ris ne fut pris, pas une bonnette ne fut amenée.

La sacolève se comporta comme elle l'eût fait s'il se fût agi d'une lutte de vitesse dans quelque « match » international.

On passa ainsi en vue de la petite île de Paxo. Déjà, vers le nord, se dessinaient les premières hauteurs de Corfou. Sur la droite, la côte albanaise profilait à l'horizon la dentelure des monts Acraucéroniens. Quelques navires de guerre, portant le pavillon anglais ou le pavillon turc, furent aperçus dans ces parages assez fréquentés de la mer Ionienne. La *Karysta* ne chercha pas à éviter les uns plus que les autres. Si un signal lui eût été fait de mettre en travers, elle eût obéi sans hésitation, n'ayant à bord ni cargaison ni papier de nature à dénoncer son origine.

A quatre heures du soir, la sacolève serrait un peu le vent pour entrer dans le détroit qui sépare l'île de Corfou de la terre ferme. Les écoutes furent raidies, et le timonier lofa d'un quart, afin d'enlever le cap Bianco à l'extrémité sud de l'île.

Cette première portion du canal est plus riante que sa partie septentrionale. Par cela même, elle fait un heureux contraste avec la côte albanaise, alors presque inculte et à demi sauvage. Quelques milles plus loin, le détroit s'élargit par l'échancrure du littoral corfiote. La sacolève put donc laisser porter un peu, de manière à le traverser obliquement. Ce sont ces indentations, profondes et multipliées, qui donnent à l'île soixante-cinq lieues de périmètre, alors qu'on n'en compte que vingt dans sa plus grande longueur et six dans sa plus grande largeur.

Vers cinq heures, la *Karysta* rangeait, près de l'îlot d'Ulysse, l'ouverture qui fait communiquer le lac Kalikiopulo, l'ancien port hyllaïque, avec la mer. Puis elle suivit les contours de cette charmante « cannone », plantée d'aloès et d'agaves, déjà fréquentée par les voitures et les cavaliers, qui vont, à une lieue dans le sud de la ville, chercher, avec la fraîcheur marine, tout le charme d'un admirable panorama, dont la côte albanaise forme l'horizon sur l'autre bord du canal. Elle fila devant la baie de Kardakio et les ruines qui la dominent, devant le palais d'été des Hauts Lords Commissaires, laissant vers la gauche la baie de Kastradès, sur laquelle s'arrondit le faubourg de ce nom, la Strada Marina, qui est moins une rue qu'une promenade, puis, le pénitencier, l'ancien fort Salvador et les premières maisons de la capitale corfiote. La *Karysta* doubla alors le cap Sidero qui porte la citadelle, sorte de petite ville militaire, assez vaste pour renfermer la résidence du commandant, les logements de ses officiers, un hôpital et une église grecque, dont les Anglais avaient fait un temple protestant. Enfin, portant franchement à l'ouest, le capitaine Starkos tourna la pointe San-Nikolo, et, après avoir longé le rivage, sur lequel s'étagent les maisons du nord de la ville, il vint mouiller à une demi-encâblure du môle.

Le canot fut armé. Nicolas Starkos et Skopélo y prirent place, — non sans que le capitaine eût passé à sa ceinture un de ces couteaux à lame courte et large, fort en usage dans les provinces de la Messénie. Tous deux débarquèrent au bureau de la Santé, et montrèrent les papiers du bord qui étaient parfaitement en règle. Ils furent donc libres d'aller où et comme il leur convenait, après que rendez-vous eut été pris à onze heures pour rentrer à bord.

Skopélo, chargé des intérêts de la *Karysta*, s'enfonça dans la partie commerçante de la ville, à travers de petites rues étroites et tortueuses, avec des noms italiens, des boutiques à arcades, tout le pêle-mêle d'un quartier napolitain.

Nicolas Starkos, lui, voulait consacrer cette soirée à prendre langue, comme on dit. Il se dirigea donc vers l'esplanade, le quartier le plus élégant de la cité corfiote.

Cette esplanade ou place d'armes, plantée latéralement de beaux arbres, s'étend entre la ville et la citadelle, dont elle est séparée par un large fossé. Étrangers et indigènes y formaient alors un incessant va-et-vient, qui n'était point celui d'une fête. Des estafettes entraient dans le palais, bâti au nord de la place par le général Maitland, et ressortaient à travers les portes de Saint-George et Saint-Michel, qui flanquent sa façade en pierre blanche. Un incessant échange de communications se faisait ainsi entre le palais du gouverneur et la citadelle, dont le pont-levis était baissé devant la statue du maréchal de Schulembourg.

Nicolas Starkos se mêla à cette foule. Il vit clairement qu'elle était sous l'empire d'une émotion peu ordinaire. N'étant point homme à interroger, il se contenta d'écouter. Ce qui le frappa, ce fut un nom, invariablement répété dans tous les groupes avec des qualifications peu sympathiques, — le nom de Sacratif.

Ce nom parut d'abord exciter quelque peu sa curiosité; mais, après avoir légèrement haussé les épaules, il continua à descendre l'esplanade jusqu'à la terrasse qui la termine en dominant la mer.

Là, un certain nombre de curieux avaient pris place autour d'un petit temple de forme circulaire, qui venait d'être récemment élevé à la mémoire de sir Thomas Maitland. Quelques années plus tard, un obélisque allait y être érigé en l'honneur de l'un de ses successeurs, sir Howard Douglas, pour faire pendant à la statue du Haut Lord Commissaire actuel, Frédérik Adam, dont la place était déjà marquée devant le palais du gouvernement. Il est probable que, si le protectorat de l'Angleterre n'eût pris fin en faisant rentrer les îles Ioniennes dans le domaine du royaume hellénique, les rues de Corfou auraient été encombrées par les statues de ses gouverneurs. Toutefois, bien des Corfiotes ne songeaient point à blâmer cette prodigalité d'hommes de bronze ou d'hommes de pierre, et, peut être, plus d'un en est-il maintenant à regretter, avec l'ancien état de choses, les errements administratifs des représentants du Royaume-Uni.

Mais, à ce sujet, s'il existe des opinions fort disparates, si, sur les soixante-dix mille habitants que compte l'ancienne Corcyre, et sur les vingt mille habitants de sa capitale, il y a des chrétiens orthodoxes, des chrétiens grecs, des Juifs en grand nombre, qui, à cette époque, occupaient un quartier isolé, comme une sorte de Ghetto, si, dans l'existence citadine de ces types de races différentes, il y avait des idées divergentes à propos d'intérêts divers, ce jour-là tout dissentiment semblait s'être fondu dans une pensée commune, dans une sorte de malédiction vouée à ce nom qui revenait sans cesse :

« Sacratif! Sacratif! Sus au pirate Sacratif! »

Et que les allants et venants parlassent anglais, italien ou grec, si la prononciation de ce nom exécré différait, les anathèmes dont on l'accablait n'en étaient pas moins l'expression du même sentiment d'horreur.

Nicolas Starkos écoutait toujours et ne disait rien. Du haut de la terrasse, ses yeux pouvaient aisément parcourir une grande partie du canal de Corfou, fermé comme un lac jusqu'aux montagnes d'Albanie, que le soleil couchant dorait à leur cime.

Puis, en se tournant du côté du port, le capitaine de la *Karysta* observa qu'il s'y faisait un mouvement très prononcé. De nombreuses embarcations se dirigeaient vers les navires de guerre. Des signaux s'échangeaient entre ces navires et le mât de pavillon dressé au sommet de la citadelle, dont les batteries et les casemates disparaissaient derrière un rideau d'aloès gigantesques.

Évidemment, — et, à tous ces symptômes, un marin ne pouvait s'y tromper, — un ou plusieurs navires se préparaient à quitter Corfou. Si cela était, la population corfiote, on doit le reconnaître, y prenait un intérêt vraiment extraordinaire.

Mais déjà le soleil avait disparu derrière les hauts sommets de l'île, et, avec le crépuscule assez court sous cette latitude, la nuit ne devait pas tarder à se faire.

Nicolas Starkos jugea donc à propos de quitter la terrasse. Il redescendit sur l'esplanade, laissant en cet endroit la plupart des spectateurs qu'un sentiment de curiosité y retenait encore. Puis, il se dirigea d'un pas tranquille vers les arcades de cette suite de maisons, qui borne le côté ouest de la place d'Armes.

Là ne manquaient ni les cafés, pleins de lumières, ni les rangées de chaises disposées sur la chaussée, occupées déjà par de nombreux consommateurs. Et encore faut-il observer que ceux-ci causaient plus qu'ils ne « consommaient, » si toutefois ce mot, par trop moderne, peut s'appliquer aux Corfiotes d'il y a cinquante ans.

Nicolas Starkos s'assit devant une petite table, avec l'intention bien arrêtée de ne pas perdre un seul mot des propos qui s'échangeaient aux tables voisines.

« En vérité, disait un armateur de la Strada Marina, il n'y a plus de sécurité pour le commerce, et on n'oserait pas hasarder une cargaison de prix dans les Échelles du Levant!

— Et bientôt, ajouta son interlocuteur, — un de ces gros Anglais qui semblent toujours assis sur un ballot, comme le président de leur chambre, — on ne trouvera plus d'équipage qui consente à servir à bord des navires de l'Archipel!

— Oh! ce Sacratif!... ce Sacratif! répétait-on avec une indignation véritable dans les divers groupes.

— Un nom bien fait pour écorcher le gosier, pensait le maître du café, et qui devrait pousser aux rafraîchissements!

— A quelle heure doit avoir lieu le départ de la *Syphanta?* demanda le négociant.

— A huit heures, répondit le Corfiote. — Mais, ajouta-t-il d'un ton qui ne marquait pas une confiance absolue, il ne suffit pas de partir, il faut arriver à destination!

— Eh! on arrivera! s'écria un autre Corfiote. Il ne sera pas dit qu'un pirate aura tenu en échec la marine britannique...

— Et la marine grecque, et la marine française, et la marine italienne! ajouta flegmatiquement un officier anglais, qui voulait que chaque état eût sa part de désagrément en cette affaire.

— Mais, reprit le négociant en se levant, l'heure approche, et, si nous voulons assister au départ de la *Syphanta*, il serait peut-être temps de se rendre sur l'esplanade!

— Non, répondit son interlocuteur, rien ne presse. D'ailleurs, un coup de canon doit annoncer l'appareillage. »

Et les causeurs continuèrent à faire leur partie dans le concert des malédictions proférées contre Sacratif.

Sans doute, Nicolas Starkos crut le moment favorable pour intervenir, et, sans que le moindre accent pût dénoncer en lui un natif de la Grèce méridionale :

« Messieurs, dit-il en s'adressant à ses voisins de tables, pourrais-je vous demander, s'il vous plaît, quelle est cette *Syphanta*, dont tout le monde parle aujourd'hui?

— C'est une corvette, monsieur, lui fut-il répondu, une corvette achetée, frétée et armée par une compagnie de négociants anglais, français et corfiotes,

Le capitaine de la *Karysta* se tournant du côté du port. (Page 70.)

montée par un équipage de ces diverses nationalités, et qui doit appareiller sous les ordres du brave capitaine Stradena! Peut-être parviendra-t-il à faire, lui, ce que n'ont pu faire les navires de guerre de l'Angleterre et de la France!

— Ah! dit Nicolas Starkos, c'est une corvette qui part!... Et pour quels parages, s'il vous plaît?

— Pour les parages où elle pourra rencontrer, prendre et pendre le fameux Sacratif!

— Je vous prierai alors, reprit Nicolas Starkos, de vouloir bien me dire qui est ce fameux Sacratif?

Trois détonations illuminèrent les sabords de la *Syphanta*. (Page 76.)

« — Vous demandez qui est ce Sacratif? » s'écria le Corfiote stupéfait, auquel l'Anglais vint en aide, en accentuant sa réponse par un « aoh! » de surprise.

Le fait est qu'un homme qui en était à ignorer encore ce qu'était Sacratif, et cela en pleine ville de Corfou, au moment même où ce nom était dans toutes les bouches, pouvait être regardé comme un phénomène.

Le capitaine de la *Karysta* s'aperçut aussitôt de l'effet que produisait son ignorance. Aussi se hâta-t-il d'ajouter :

« Je suis étranger, messieurs. J'arrive à l'instant de Zara, autant dire du

10

fond de l'Adriatique, et je ne suis point au courant de ce qui se passe dans les îles Ioniennes.

— Dites alors de ce qui se passe dans l'Archipel! s'écria le Corfiote, car, en vérité, c'est bien l'Archipel tout entier que Sacratif a pris pour théâtre de ses pirateries!

— Ah! fit Nicolas Starkos, il s'agit d'un pirate?...

— D'un pirate, d'un forban, d'un écumeur de mer! répliqua le gros Anglais. Oui! Sacratif mérite tous ces noms, et même tous ceux qu'il faudrait inventer pour qualifier un pareil malfaiteur! »

Là-dessus l'Anglais souffla un instant pour reprendre haleine. Puis :

« Ce qui m'étonne, monsieur, ajouta-t-il, c'est qu'il puisse se rencontrer un Européen qui ne sache pas ce qu'est Sacratif!

— Oh! monsieur, répondit Nicolas Starkos, ce nom ne m'est pas absolument inconnu, croyez-le bien; mais j'ignorais que ce fût lui qui mît aujourd'hui toute la ville en révolution. Est-ce que Corfou est menacée d'une descente de ce pirate?

— Il n'oserait! s'écria le négociant. Jamais il ne se hasarderait à mettre le pied dans notre île!

— Ah! vraiment? répondit le capitaine de la *Karysta*.

— Certes, monsieur, et, s'il le faisait, les potences! oui! les potences pousseraient d'elles-mêmes, dans tous les coins de l'île, pour le happer au passage!

— Mais alors, d'où vient cette émotion? demanda Nicolas Starkos. Je suis arrivé depuis une heure à peine, et je ne puis comprendre l'émotion qui se produit...

— Le voici, monsieur, répondit l'Anglais. Deux bâtiments de commerce, le *Three Brothers* et le *Carnatic*, ont été pris, il y a un mois environ, par Sacratif, et tout ce qui a survécu des deux équipages a été vendu sur les marchés de la Tripolitaine!

— Oh! répondit Nicolas Starkos, voilà une odieuse affaire, dont ce Sacratif pourrait bien avoir à se repentir!

— C'est alors, reprit le Corfiote, qu'un certain nombre de négociants se sont associés pour armer une corvette de guerre, une excellente marcheuse, montée par un équipage de choix et commandée par un intrépide marin, le capitaine Stradena, qui va donner la chasse à ce Sacratif! Cette fois, il y a lieu d'espérer que le pirate, qui tient en échec tout le commerce de l'Archipel, n'échappera pas à son sort!

— Ce sera difficile, en effet, répondit Nicolas Starkos.

— Et, ajouta le négociant Anglais, si vous voyez la ville en émoi, si toute la population s'est portée sur l'esplanade, c'est pour assister à l'appareillage de la *Syphanta*, qui sera saluée de plusieurs milliers de hurrahs, quand elle descendra le canal de Corfou! »

Nicolas Starkos savait, sans doute, tout ce qu'il désirait savoir. Il remercia ses interlocuteurs. Puis, se levant, il alla de nouveau se mêler à la foule qui remplissait l'esplanade.

Ce qui avait été dit par ces Anglais et ces Corfiotes n'avait rien d'exagéré. Il n'était que trop vrai! Depuis quelques années, les déprédations de Sacratif se manifestaient par des actes révoltants. Nombre de navires de commerce de toutes nationalités avaient été attaqués par ce pirate, aussi audacieux que sanguinaire. D'où venait-il? Quelle était son origine? Appartenait-il à cette race de forbans, issus des côtes de la Barbarie? Qui eût pu le dire? On ne le connaissait pas. On ne l'avait jamais vu. Pas un n'était revenu de ceux qui s'étaient trouvés sous le feu de ses canons, les uns tués, les autres réduits à l'esclavage. Les bâtiments qu'il montait, qui eût pu les signaler? Il passait incessamment d'un bord à un autre. Il attaquait tantôt avec un rapide brick levantin, tantôt avec une de ces légères corvettes qu'on ne pouvait vaincre à la course, et toujours sous pavillon noir. Que, dans une de ces rencontres, il ne fût pas le plus fort, qu'il eût à chercher son salut par la fuite, en présence de quelque redoutable navire de guerre, il disparaissait soudain. Et, en quel refuge inconnu, en quel coin ignoré de l'Archipel, aurait-on tenté de le rejoindre? Il connaissait les plus secrètes passes de ces côtes, dont l'hydrographie laissait encore à désirer à cette époque.

Si le pirate Sacratif était un bon marin, c'était aussi un terrible homme d'attaque. Toujours secondé par des équipages qui ne reculaient devant rien, il n'oubliait jamais de leur donner, après le combat, la « part du diable, » c'est-à-dire quelques heures de massacre et de pillage. Aussi ses compagnons le suivaient-ils partout où il voulait les mener. Ils exécutaient ses ordres quels qu'ils fussent. Tous se seraient fait tuer pour lui. La menace du plus effroyable supplice ne les eût pas fait dénoncer le chef, qui exerçait sur eux une véritable fascination. A de tels hommes, lancés à l'abordage, il est rare qu'un navire puisse résister, surtout un bâtiment de commerce, auquel manquent les moyens suffisants de défense.

En tout cas, si Sacratif, malgré toute son habileté, eût été surpris par un navire de guerre, il se fût plutôt fait sauter que de se rendre. On racontait même que, dans une affaire de ce genre, les projectiles lui ayant manqué, il avait chargé ses canons avec les têtes fraîchement coupées aux cadavres qui jonchaient son pont.

Tel était l'homme que la *Syphanta* avait la mission de poursuivre, tel ce redoutable pirate, dont le nom exécré causait tant d'émotion dans la cité corfiote.

Bientôt, une détonation retentit. Une fumée s'éleva dans un vif éclair au-dessus du terre-plein de la citadelle. C'était le coup de partance. La *Syphanta* appareillait et allait descendre le canal de Corfou, afin de gagner les parages méridionaux de la mer Ionienne.

Toute la foule se porta sur la lisière de l'esplanade, vers la terrasse du monument de sir Maitland.

Nicolas Starkos, impérieusement entraîné par un sentiment plus intense peut-être que celui d'une simple curiosité, se trouva bientôt au premier rang des spectateurs.

Peu à peu, sous la clarté de la lune, apparut la corvette avec ses feux de position. Elle s'avançait en boulinant, afin d'enlever à la bordée le cap Bianco, qui s'allonge au sud de l'île. Un second coup de canon partit de la cita-delle, puis un troisième, auxquels répondirent trois détonations qui illumi-nèrent les sabords de la *Syphanta*. Aux détonations succédèrent des milliers de hurrahs, dont les derniers arrivèrent à la corvette, au moment où elle doublait la baie de Kardakio.

Puis, tout retomba dans le silence. Peu à peu, la foule, s'écoulant à travers les rues du faubourg de Kastradès, eut laissé le champ libre aux rares prome-neurs qu'un intérêt d'affaires ou de plaisir retenait sur l'esplanade.

Pendant une heure encore, Nicolas Starkos, toujours pensif, demeura sur la vaste place d'Armes, presque déserte. Mais le silence ne devait être ni dans sa tête ni dans son cœur. Ses yeux brillaient d'un feu que ses pau-pières ne parvenaient pas à masquer. Son regard, comme par un mouvement involontaire, se portait dans la direction de cette corvette, qui venait de disparaître derrière la masse confuse de l'île.

Lorsque onze heures sonnèrent à l'église de Saint-Spiridion, Nicolas Starkos songea à rejoindre Skopélo au rendez-vous qu'il lui avait donné près du bureau de la Santé. Il remonta donc les rues du quartier qui se dirigent vers le Fort-Neuf, et bientôt il arriva sur le quai.

Skopélo l'y attendait.

Le capitaine de la sacolève alla à lui :

« La corvette *Syphanta* vient de partir ! lui dit-il.

— Ah ! fit Skopélo.

— Oui ... pour donner la chasse à Sacratif !

— Elle ou une autre, qu'importe ! » répondit simplement Skopélo, en montrant le gig, qui se balançait, au pied de l'échelle, sur les dernières ondulations du ressac.

Quelques instants après, l'embarcation accostait la *Karysta*, et Nicolas Starkos sautait à bord en disant :

« A demain, chez Elizundo ! »

VII

L'INATTENDU.

Le lendemain, vers dix heures du matin, Nicolas Starkos débarquait sur le môle et se dirigeait vers la maison de banque. Ce n'était pas la première fois qu'il se présentait au comptoir, et il y avait toujours été reçu comme un client dont les affaires ne sont point à dédaigner.

Cependant, Elizundo le connaissait. Il devait savoir bien des choses de sa vie. Il n'ignorait même pas qu'il fût le fils de cette patriote, dont il avait un jour parlé à Henry d'Albaret. Mais personne ne savait et ne pouvait savoir ce qu'était le capitaine de la *Karysta*.

Nicolas Starkos était évidemment attendu. Aussi fut-il reçu dès qu'il se présenta. En effet, la lettre, arrivée quarante-huit heures auparavant et datée d'Arkadia, venait de lui. Il fut donc immédiatement conduit au bureau où se tenait le banquier, qui prit la précaution d'en refermer la porte à clef. Elizundo et son client étaient maintenant en présence l'un de l'autre. Personne ne viendrait les déranger. Nul n'entendrait ce qui allait être dit dans cet entretien.

« Bonjour, Elizundo, dit le capitaine de la *Karysta*, en se laissant tomber sur un fauteuil avec le sans-gêne d'un homme qui serait chez lui. Voilà bientôt six mois que je ne vous ai vu, bien que vous ayez eu souvent de mes nouvelles! Aussi, n'ai-je pas voulu passer si près de Corfou, sans m'y arrêter, afin d'avoir le plaisir de vous serrer la main.

— Ce n'est pas pour me voir, ce n'est pas pour me faire des amitiés que vous êtes venu, Nicolas Starkos, répondit le banquier d'une voix sourde. Que me voulez-vous?

— Eh! s'écria le capitaine, je reconnais bien là mon vieil ami Elizundo! Rien aux sentiments, tout aux affaires! Il y a longtemps que vous avez dû fourrer votre cœur dans le tiroir le plus secret de votre caisse, — un tiroir dont vous avez perdu la clé !

— Voulez-vous me dire ce qui vous amène et pourquoi vous m'avez écrit ? reprit Elizundo.

— Au fait vous avez raison, Elizundo ! Pas de banalités ! Soyons sérieux ! Nous avons aujourd'hui de très graves intérêts à discuter, et ils ne souffrent aucun retard !

— Votre lettre me parle de deux affaires, reprit le banquier, l'une qui rentre dans la catégorie de nos rapports accoutumés, l'autre qui vous est purement personnelle.

— En effet, Elizundo.

— Eh bien, parlez, Nicolas Starkos ! J'ai hâte de les connaître toutes les deux ! »

On le voit, le banquier s'exprimait très catégoriquement. Il voulait, par là, mettre son visiteur en demeure de s'expliquer, sans se dépenser en faux-fuyants ni échappatoires. Mais, ce qui contrastait avec la netteté de ces questions, c'était le ton un peu sourd dont elles étaient faites. Bien évidemment, de ces deux hommes, placés en face l'un de l'autre, ce n'était pas le banquier qui tenait la position.

Aussi, le capitaine de la *Karysta* ne put-il cacher un demi-sourire, dont Elizundo, les yeux baissés, ne vit rien.

« Laquelle des deux questions aborderons-nous d'abord ? demanda Nicolas Starkos.

— D'abord, celle qui vous est purement personnelle ! répondit assez vivement le banquier.

— Je préfère commencer par celle qui ne l'est pas, répliqua le capitaine d'un ton tranchant.

— Soit, Nicolas Starkos ! De quoi s'agit-il ?

— Il s'agit d'un convoi de prisonniers, dont nous devons prendre livraison à Arkadia. Il y a là deux cent-trente sept têtes, hommes, femmes et enfants, qui vont être transportés à l'île de Scarpanto, d'où je me charge de les conduire à la côte barbaresque. Or, vous le savez, Elizundo, puisque nous avons souvent fait des opérations de ce genre, les Turcs ne livrent leur marchandise que contre argent ou contre du papier, à la condition qu'une bonne signature lui donne une valeur certaine. Je viens donc vous demander votre signature, et je compte que vous voudrez bien l'accorder à Skopélo, quand il vous apportera les traites toutes préparées. — Cela ne fera aucune difficulté, n'est-il pas vrai ? »

Le banquier ne répondit pas, mais son silence ne pouvait être qu'un acquiescement à la demande du capitaine. Il y avait d'ailleurs des précédents qui l'engageaient.

« Je dois ajouter, reprit négligemment Nicolas Starkos, que l'affaire ne sera pas mauvaise. Les opérations ottomanes prennent une mauvaise tournure en Grèce. La bataille de Navarin aura de funestes conséquences pour les Turcs, puisque les puissances européennes s'en mêlent. S'ils doivent renoncer à la lutte, plus de prisonniers, plus de ventes, plus de profits. C'est pourquoi ces derniers convois qu'on nous livre encore dans d'assez bonnes conditions, auront-ils acquéreurs à haut prix sur les côtes de l'Afrique. Ainsi donc, nous trouverons notre avantage à cette affaire, et vous, le vôtre, par conséquent. — Je puis compter sur votre signature ?

— Je vous escompterai vos traites, répondit Elizundo, et n'aurai pas de signature à vous donner.

— Comme il vous plaira, Elizundo, répondit le capitaine, mais nous nous serions contentés de votre signature. Vous n'hésitiez pas à la donner autrefois !

— Autrefois n'est pas aujourd'hui, dit Elizundo, et, aujourd'hui, j'ai des idées différentes sur tout cela !

— Ah ! vraiment ! s'écria le capitaine. A votre aise, après tout ! — Mais est-il donc vrai que vous cherchiez à vous retirer des affaires, comme je l'ai entendu dire ?

— Oui, Nicolas Starkos ! répondit le banquier d'une voix plus ferme, et, en ce qui vous concerne, voici la dernière opération que nous ferons ensemble... puisque vous tenez à ce que je la fasse !

— J'y tiens absolument, Elizundo, » répondit Nicolas Starkos d'un ton sec.

Puis, il se leva, fit quelques tours dans le cabinet, mais sans cesser d'envelopper le banquier d'un regard peu obligeant. Revenant enfin se placer devant lui :

« Maître Elizundo, dit-il d'un ton narquois, vous êtes donc bien riche, puisque vous songez à vous retirer des affaires ? »

Le banquier ne répondit pas.

« Eh bien, reprit le capitaine, que ferez-vous de ces millions que vous avez

« La *Syphanta* vient de partir, dit Starkos. (Page 77.)

gagnés, vous ne les emporterez pas dans l'autre monde ! Ce serait un peu en-
combrant pour le dernier voyage ! Vous parti, à qui iront-ils ? »

Elizundo persista à garder le silence.

« Ils iront à votre fille, reprit Nicolas Starkos, à la belle Hadjine Elizundo!
Elle héritera de la fortune de son père! Rien de plus juste! Mais qu'en fera-t-
elle? Seule, dans la vie, à la tête de tant de millions ? »

Le banquier se redressa, non sans quelque effort, et, rapidement, en
homme qui fait un aveu dont le poids l'étouffe :

« Ma fille ne sera pas seule ! dit-il.

11

— Vous la marierez? répondit le capitaine. Et à qui, s'il vous plaît? Quel homme voudra d'Hadjine Elizundo, quand il connaîtra d'où vient en grande partie la fortune de son père? Et j'ajoute, quand elle-même le saura, à qui Hadjine Elizundo osera-t-elle donner sa main?

— Comment le saurait-elle? reprit le banquier. Elle l'ignore jusqu'ici, et qui le lui dira?

— Moi, s'il le faut!

— Vous?

— Moi! Écoutez, Elizundo, et tenez compte de mes paroles, répondit le capitaine de la *Karysta* avec une impudence voulue, car je ne reviendrai plus sur ce que je vais vous dire. Cette énorme fortune, c'est surtout par moi, par les opérations que nous avons faites ensemble et dans lesquelles je risquais ma tête, que vous l'avez gagnée! C'est en trafiquant des cargaisons pillées, des prisonniers achetés et vendus pendant la guerre de l'Indépendance, que vous avez encaissé ces gains, dont le montant se chiffre par millions! Eh bien, il n'est que juste que ces millions me reviennent! Je suis sans préjugés, moi, vous le savez de reste! Je ne vous demanderai pas l'origine de votre fortune! La guerre terminée, moi aussi, je me retirerai des affaires! Mais je ne veux pas, non plus, être seul dans la vie, et j'entends, comprenez-moi bien, j'entends qu'Hadjine Elizundo devienne la femme de Nicolas Starkos! »

Le banquier retomba sur son fauteuil. Il sentait bien qu'il était entre les mains de cet homme, depuis longtemps son complice. Il savait que le capitaine de la *Karysta* ne reculerait devant rien pour arriver à son but. Il ne doutait pas que, s'il le fallait, il ne fût homme à raconter tout le passé de la maison de banque.

Pour répondre négativement à la demande de Nicolas Starkos, au risque de provoquer un éclat, Elizundo n'avait plus qu'une chose à dire, et, non sans quelque hésitation, il la dit :

« Ma fille ne peut être votre femme, Nicolas Starkos, parce qu'elle doit être la femme d'un autre!

— D'un autre! s'écria Nicolas Starkos. En vérité, je suis arrivé à temps! Ah! la fille du banquier Elizundo se marie?...

— Dans cinq jours!

— Et qui épouse-t-elle?... demanda le capitaine, dont la voix frémissait de colère.

— Un officier français.

— Un officier français! Sans doute, un de ces Philhellènes qui sont venus au secours de la Grèce?

— Oui !

— Et il se nomme ?...

— Le capitaine Henry d'Albaret.

— Eh bien, maître Elizundo, reprit Nicolas Starkos, qui s'approcha du banquier et lui parla les yeux dans les yeux, je vous le répète, lorsque ce capitaine Henry d'Albaret saura qui vous êtes, il ne voudra plus de votre fille, et, lorsque votre fille connaîtra la source de la fortune de son père, elle ne pourra plus songer à devenir la femme de ce capitaine Henry d'Albaret! Si donc vous ne rompez pas ce mariage aujourd'hui, demain il se rompra de lui-même, car demain les deux fiancés sauront tout!... Oui!... Oui!... de par le diable, ils le sauront! »

Le banquier se releva encore une fois. Il regarda fixement le capitaine de la *Karysta*, et, alors, d'un accent de désespoir, auquel il n'y avait point à se tromper :

« Soit!... Je me tuerai, Nicolas Starkos, dit-il, et je ne serai plus une honte pour ma fille!

— Si, répondit le capitaine, vous le serez dans l'avenir comme vous l'êtes dans le présent, et votre mort ne fera jamais qu'Elizundo n'ait été le banquier des pirates de l'Archipel! »

Elizundo retomba, accablé, et ne put rien répondre, lorsque le capitaine ajouta :

« Et voilà pourquoi Hadjine Elizundo ne sera pas la femme de cet Henry d'Albaret, pourquoi elle deviendra, qu'elle le veuille ou non, la femme de Nicolas Starkos! »

Pendant une demi-heure encore, cet entretien se prolongea en supplications de la part de l'un, en menaces de la part de l'autre. Non certes, il ne s'agissait pas d'amour, lorsque Nicolas Starkos s'imposait à la fille d'Elizundo! Il ne s'agissait que des millions dont cet homme voulait avoir l'entière possession, et aucun argument ne le ferait fléchir.

Hadjine Elizundo n'avait rien su de cette lettre, qui annonçait l'arrivée du capitaine de la *Karysta;* mais, depuis ce jour, son père lui avait paru plus triste, plus sombre que d'habitude, comme s'il eût été accablé par quelque préoccupation secrète. Aussi, lorsque Nicolas Starkos se présenta à la maison de banque, elle ne put se défendre d'en ressentir une inquiétude plus vive encore. En effet, elle connaissait ce personnage pour l'avoir vu venir plusieurs fois pendant les dernières années de la guerre. Nicolas Starkos lui avait toujours inspiré une répulsion dont elle ne se rendait pas compte. Il la regardait, semblait-il, d'une façon, qui ne laissait pas de lui déplaire, bien qu'il ne lui eût jamais adressé que des paroles insignifiantes, comme eût pu le faire un des clients habituels du comptoir. Mais la jeune fille n'avait pas été sans observer qu'après les visites du capitaine de la *Karysta*, son père était toujours, et pendant quelque temps, en proie à une sorte de prostration, mêlée d'effroi. De là son antipathie, que rien ne justifiait du moins jusqu'alors, contre Nicolas Starkos.

Hadjine Elizundo n'avait point encore parlé de cet homme à Henry d'Albaret. Le lien qui l'unissait à la maison de banque ne pouvait être qu'un lien d'affaires. Or, des affaires d'Elizundo, dont elle ignorait d'ailleurs la nature, il n'avait jamais été question dans leurs entretiens. Le jeune officier ne savait donc rien des rapports qui existaient, non seulement entre le banquier et Nicolas Starkos, mais aussi entre ce capitaine et la vaillante femme dont il avait sauvé la vie au combat de Chaidari, qu'il ne connaissait que sous le seul nom d'Andronika.

Mais, ainsi qu'Hadjine, Xaris avait eu plusieurs fois l'occasion de voir et de recevoir Nicolas Starkos au comptoir de la Strada Reale. Lui aussi, il éprouvait à son égard les mêmes sentiments de répulsion que la jeune fille. Seulement, étant donnée sa nature vigoureuse et décidée, ces sentiments se traduisaient chez lui d'une autre façon. Si Hadjine Elizundo fuyait toutes les occasions de se trouver en présence de cet homme, Xaris les eût plutôt recherchées, à la condition « de pouvoir lui casser les reins, » comme il le disait volontiers.

« Je n'en ai pas le droit, évidemment, pensait-il, mais cela viendra peut-être! »

De tout cela, il résulte donc que la nouvelle visite du capitaine de la *Karysta* au banquier Elizundo ne fut vue avec plaisir ni par Xaris, ni par la jeune fille. Bien au contraire. Aussi, ce fut un soulagement pour tous les deux, lorsque Nicolas Starkos, après un entretien dont rien n'avait transpiré, eut quitté la maison et repris le chemin du port.

Pendant une heure, Elizundo resta enfermé dans son cabinet. On ne l'y entendait même pas bouger. Mais ses ordres étaient formels : ni sa fille, ni

Xaris ne devaient entrer, sans avoir été demandés expressément. Or, comme la visite avait duré longtemps, cette fois, leur anxiété s'était accrue en raison du temps écoulé.

Tout à coup, la sonnette d'Elizundo se fit entendre, — un coup timide, venant d'une main peu assurée.

Xaris répondit à cet appel, ouvrit la porte qui n'était plus refermée en dedans, et se trouva en présence du banquier.

Elizundo était toujours dans son fauteuil, à demi affaissé, l'air d'un homme qui vient de soutenir une violente lutte contre lui-même. Il releva la tête, regarda Xaris, comme s'il eût eu quelque peine à le reconnaître, et, passant la main sur son front :

« Hadjine? » dit-il d'une voix étouffée.

Xaris fit un signe affirmatif et sortit. Un instant après, la jeune fille se trouvait devant son père. Aussitôt, celui-ci, sans autre préambule, mais les yeux baissés, lui disait d'une voix altérée par l'émotion :

« Hadjine, il faut... il faut renoncer au mariage projeté avec le capitaine Henry d'Albaret !

— Que dites-vous, mon père?... s'écria la jeune fille, que ce coup imprévu atteignit en plein cœur.

— Il le faut, Hadjine! répéta Elizundo.

— Mon père, me direz-vous pourquoi vous reprenez votre parole, à lui et à moi? demanda la jeune fille. Je n'ai pas l'habitude de discuter vos volontés, vous le savez, et, cette fois, je ne les discuterai pas davantage, quelles qu'elles soient!... Mais, enfin, me direz-vous pour quelle raison je dois renoncer à épouser Henry d'Albaret?

— Parce qu'il faut, Hadjine... il faut que tu sois la femme d'un autre! » murmura Elizundo.

Sa fille l'entendit, si bas qu'il eût parlé.

« Un autre! dit-elle, frappée non moins cruellement par ce second coup que par le premier. Et cet autre?...

— C'est le capitaine Starkos!

— Cet homme!... cet homme! »

Ces mots s'échappèrent involontairement des lèvres d'Hadjine, qui se retint à la table pour ne pas tomber.

Puis, dans un dernier mouvement de révolte que cette résolution provoquait en elle :

« Mon père, dit-elle, il y a dans cet ordre que vous me donnez, malgré vous peut-être, quelque chose que je ne puis expliquer! Il y a un secret que vous hésitez à me dire!

— Ne me demande rien, s'écria Elizundo, rien!

— Rien?... mon père!... Soit!... Mais, si, pour vous obéir, je puis renoncer à devenir la femme d'Henry d'Albaret... dussé-je en mourir... je ne puis épouser Nicolas Starkos!... Vous ne le voudriez pas!

— Il le faut, Hadjine! répéta Elizundo.

— Il y va de mon bonheur! s'écria la jeune fille.

— Et de mon honneur, à moi!

— L'honneur d'Elizundo peut-il dépendre d'un autre que de lui-même? demanda Hadjine.

— Oui... d'un autre!... Et cet autre... c'est Nicolas Starkos! »

Cela dit, le banquier se leva, les yeux hagards, la figure contractée, comme s'il allait être frappé de congestion.

Hadjine, devant ce spectacle, retrouva toute son énergie. Et, en vérité, il lui en fallut pour dire, en se retirant :

« Soit, mon père!... Je vous obéirai! »

C'était sa vie à jamais brisée, mais elle avait compris qu'il y avait quelque effroyable secret dans les rapports du banquier avec le capitaine de la *Karysta!* Elle avait compris qu'il était dans les mains de ce personnage odieux!... Elle se courba, elle se sacrifia!... L'honneur de son père exigeait ce sacrifice!

Xaris reçut la jeune fille entre ses bras, presque défaillante. Il la transporta dans sa chambre. Là, il sut d'elle tout ce qui s'était passé, à quel renoncement elle avait consenti!... Aussi, quel redoublement de haine se fit en lui contre Nicolas Starkos!

Une heure après, selon son habitude, Henry d'Albaret se présentait à la maison de banque. Une des femmes de service lui répondit qu'Hadjine Elizundo n'était pas visible. Il demanda à voir le banquier... Le banquier ne pouvait le recevoir. Il demanda à parler à Xaris... Xaris n'était pas au comptoir.

Henry d'Albaret rentra à l'hôtel, extrêmement inquiet. Jamais pareilles réponses ne lui avaient été faites. Il résolut de revenir le soir et attendit dans une profonde anxiété.

A six heures, on lui remit une lettre à son hôtel. Il regarda l'adresse et reconnut qu'elle était de la main même d'Elizundo. Cette lettre ne contenait que ces lignes :

« Monsieur Henry d'Albaret est prié de considérer comme non avenus les
« projets d'union formés entre lui et la fille du banquier Elizundo. Pour des
« raisons qui lui sont tout à fait étrangères, ce mariage ne peut avoir lieu,
« et monsieur Henry d'Albaret voudra bien cesser ses visites à la maison de
« banque.

« ELIZUNDO. »

Tout d'abord, le jeune officier ne comprit rien à ce qu'il venait de lire. Puis, il relut cette lettre... Il fut atterré. Que s'était-il donc passé chez Elizundo ? Pourquoi ce revirement ? La veille, il avait quitté la maison, où se faisaient encore les préparatifs de son mariage ! Le banquier avait été avec lui ce qu'il était toujours ! Quant à la jeune fille, rien n'indiquait que ses sentiments eussent changé à son égard !

« Mais aussi, la lettre n'est pas signée Hadjine ! se répétait-il. Elle est signée Elizundo !... Non ! Hadjine n'a pas connu, ne connaît pas ce que m'écrit son père !... C'est à son insu qu'il a modifié ses projets !... Pourquoi ?... Je n'ai donné aucun motif qui ait pu... Ah ! je saurai quel est l'obstacle qui se dresse entre Hadjine et moi ! »

Et, puisqu'il ne pouvait plus être reçu dans la maison du banquier, il lui écrivit, « ayant absolument le droit, disait-il, de connaître les raisons qui faisaient rompre ce mariage à la veille de s'accomplir. »

Sa lettre resta sans réponse. Il en écrivit une autre, deux autres : même silence.

Ce fut alors à Hadjine Elizundo qu'il s'adressa. Il la suppliait, au nom de leur amour, de lui répondre, dût-elle le faire par un refus de jamais le revoir !... Nulle réponse.

Il est probable que sa lettre ne parvint pas à la jeune fille. Henry d'Albaret, du moins, dut le croire. Il connaissait assez son caractère pour être sûr qu'elle lui aurait répondu.

Alors, le jeune officier, désespéré, chercha à voir Xaris. Il ne quitta plus la Strada Reale. Il rôda pendant des heures entières autour de la maison de banque. Ce fut inutile. Xaris, obéissant peut-être aux ordres du banquier, peut-être à la prière d'Hadjine, ne sortait plus.

Elizundo retomba. accablé. Page 83.)

Ainsi se passèrent en vaines démarches les journées du 24 et du 25 octobre. Au milieu d'angoisses inexprimables, Henry d'Albaret croyait avoir atteint l'extrème limite de la souffrance !

Il se trompait.

En effet, dans la journée du 26, une nouvelle se répandit, qui allait le frapper d'un coup plus terrible encore.

Non seulement son mariage avec Hadjine Elizundo était rompu, — rupture qui était maintenant connue de toute la ville, — mais Hadjine Elizundo allait se marier avec un autre!

Une des femmes de service répondit à d'Albaret. (Page 86.)

Henry d'Albaret fut anéanti en apprenant cette nouvelle. Un autre que lui serait le mari d'Hadjine !

« Je saurai quel est cet homme ! s'écria-t-il. Celui-là, quel qu'il soit, je le connaîtrai !... J'arriverai jusqu'à lui !... Je lui parlerai... et il faudra bien qu'il me réponde ! »

Le jeune officier ne devait pas tarder à apprendre quel était son rival. En effet, il le vit entrer dans la maison de banque ; il le suivit lorsqu'il en sortit ; il l'épia jusqu'au port, où l'attendait son canot au pied du môle ; il le vit regagner la sacolève, mouillée à une demi-encâblure au large.

12

C'était Nicolas Starkos, le capitaine de la *Karysta*.

Cela se passait le 27 octobre. Des renseignements précis qu'Henry d'Albaret put obtenir, il résultait que le mariage de Nicolas Starkos et d'Hadjine Elizundo était très prochain, car les préparatifs se faisaient avec une sorte de hâte. La cérémonie religieuse avait été commandée à l'église de Saint-Spiridion pour le 30 du mois, c'est à dire à la date même, qui avait été antérieurement fixée au mariage d'Henry d'Albaret. Seulement, le fiancé, ce ne serait plus lui! Ce serait ce capitaine, qui venait on ne sait d'où pour aller où l'on ne savait!

Aussi Henry d'Albaret, en proie à une fureur qu'il ne pouvait plus maîtriser, était-il résolu à provoquer Nicolas Starkos, à l'aller chercher jusqu'au pied de l'autel. S'il ne le tuait pas, il serait tué, lui, mais, au moins, il en aurait fini avec cette situation intolérable!

En vain se répétait-il que, si ce mariage se faisait, c'était avec l'assentiment d'Elizundo! En vain se disait-il que celui qui disposait de la main d'Hadjine, c'était son père!

« Oui, mais c'est contre son gré!... Elle subit une pression qui la livre à cet homme!... Elle se sacrifie! »

Pendant la journée du 28 octobre, Henry d'Albaret essaya de rencontrer Nicolas Starkos. Il le guetta à son débarquement, il le guetta à l'entrée du comptoir. Ce fut en vain. Et, dans deux jours, cet odieux mariage serait accompli, — deux jours, pendant lesquels le jeune officier fit tout pour arriver jusqu'à la jeune fille ou pour se trouver en face de Nicolas Starkos!

Mais, le 29, vers six heures du soir, un fait inattendu se produisit, qui allait précipiter le dénouement de cette situation.

Dans l'après-midi, le bruit se répandit que le banquier venait d'être frappé d'une congestion au cerveau.

Et, en effet, deux heures après, Elizundo était mort.

VIII

VINGT MILLIONS EN JEU!

Quelles seraient les conséquences de cet événement, nul n'eût encore pu le prévoir. Henry d'Albaret, dès qu'il l'apprit, dut tout naturellement penser que ces conséquences ne pourraient que lui être favorables. En tout cas, c'était le mariage d'Hadjine Elizundo ajourné. Bien que la jeune fille dût être sous le coup d'une douleur profonde, le jeune officier n'hésita pas à se présenter à la maison de la Strada Reale, mais il ne put voir ni Hadjine ni Xaris. Il n'avait donc plus qu'à attendre.

« Si, en épousant ce capitaine Starkos, pensait-il, Hadjine se sacrifiait aux volontés de son père, ce mariage ne se fera pas, maintenant que son père n'est plus ! »

Ce raisonnement était juste. De là, cette déduction toute naturelle, c'est que si les chances d'Henry d'Albaret s'étaient accrues, celles de Nicolas Starkos avaient diminué.

On ne s'étonnera donc pas que, dès le lendemain, un entretien à ce sujet, provoqué par Skopélo, eût lieu à bord de la sacolève entre son capitaine et lui.

C'était le second de la *Karysta* qui, en rentrant à bord vers dix heures du matin, avait rapporté la nouvelle de la mort d'Elizundo, — nouvelle qui faisait grand bruit par la ville.

On aurait pu croire que Nicolas Starkos, aux premiers mots que lui en dit Skopélo, allait s'abandonner à quelque mouvement de colère. Il n'en fut rien. Le capitaine savait se posséder et n'aimait point à récriminer contre les faits accomplis.

« Ah ! Elizundo est mort ? dit-il simplement.

— Oui !... Il est mort !

— Est-ce qu'il se serait tué ? ajouta Nicolas Starkos à mi-voix, comme s'il se fût parlé à lui-même

— Non, répondit Skopélo, qui avait entendu la réflexion du capitaine, non!
Les médecins ont constaté que le banquier Elizundo était mort d'une congestion...

— Foudroyé?...

— A peu près. Il a immédiatement perdu connaissance et n'a pu prononcer
une seule parole avant de mourir!

— Autant vaut qu'il en ait été ainsi, Skopélo!

— Sans contredit, capitaine, surtout si l'affaire d'Arkadia était déjà terminée...

— Entièrement, répondit Nicolas Starkos. Nos traites ont été escomptées, et,
maintenant, tu pourras prendre, contre argent, livraison du convoi de prisonniers.

— Eh! de par le diable, il était temps! s'écria le second. Mais, capitaine, si
cette opération est achevée, et l'autre?

— L'autre?... répondit tranquillement Nicolas Starkos. Eh bien! l'autre
s'achèvera comme elle devait s'achever! Je ne vois pas ce qu'il y a de changé
dans la situation! Hadjine Elizundo obéira à son père mort, comme elle eût
obéi à son père vivant, et pour les mêmes raisons!

— Ainsi, capitaine, reprit Skopélo, vous n'avez point l'intention d'abandonner la partie?

— L'abandonner! s'écria Nicolas Starkos d'un ton qui indiquait sa ferme
volonté de briser tout obstacle. Dis donc, Skopélo, crois-tu qu'il y ait au
monde un homme, un seul, qui consente à fermer la main, quand il n'a
qu'à l'ouvrir pour qu'il y tombe vingt millions!

— Vingt millions! répéta Skopélo, qui souriait en hochant la tête. Oui!
c'est bien à vingt millions que j'avais estimé la fortune de notre vieil ami
Elizundo!

— Fortune nette, claire, en bonnes valeurs, reprit Nicolas Starkos, et dont
la réalisation pourra se faire sans retard...

— Dès que vous en serez possesseur, capitaine, car maintenant, toute
cette fortune va revenir à la belle Hadjine...

— Qui, elle, me reviendra, à moi! Sois sans crainte, Skopélo! D'un mot,
je puis perdre l'honneur du banquier, et, après sa mort comme avant, sa fille
tiendra plus à cet honneur qu'à sa fortune! Mais je ne dirai rien, je n'aurai
rien à dire! La pression que j'exerçais sur son père, je l'exercerai toujours sur
elle! Ces vingt millions, elle sera trop heureuse de les apporter en dot à

LA NOUVELLE FAISAIT GRAND BRUIT PAR LA VILLE. (Page 91.)

Nicolas Starkos, et, si tu en doutes, Skopélo, c'est que tu ne connais pas le capitaine de la *Karysta*! »

Nicolas Starkos parlait avec une telle assurance, que son second, quoique peu enclin à se faire des illusions, se reprit à croire que l'événement de la veille n'empêcherait pas l'affaire de se conclure. Il n'y aurait qu'un retard, voilà tout.

Quelle serait la durée de ce retard, c'était uniquement la question qui préoccupait Skopélo et même Nicolas Starkos, bien que celui-ci n'en voulût point convenir. Il ne manqua pas d'assister, le lendemain, aux obsèques du riche banquier, qui furent faites très simplement et ne réunirent même qu'un petit nombre de personnes. Là, il s'était rencontré avec Henry d'Albaret; mais, entre eux, il n'y avait eu que quelques regards d'échangés, rien de plus.

Pendant les cinq jours qui suivirent la mort d'Elizundo, le capitaine de la *Karysta* essaya vainement d'arriver jusqu'à la jeune fille. La porte du comptoir était close à tous. Il semblait que la maison de banque fût morte avec le banquier.

Du reste, Henry d'Albaret ne fut pas plus heureux que Nicolas Starkos. Il ne put communiquer avec Hadjine par visite ni par lettre. C'était à se demander si la jeune fille n'avait point quitté Corfou sous la protection de Xaris, qui ne se montrait nulle part.

Cependant, le capitaine de la *Karysta*, loin d'abandonner ses projets, répétait volontiers que leur réalisation n'était que retardée. Grâce à lui, grâce aux manœuvres de Skopélo, aux bruits que celui-ci répandait avec intention, le mariage de Nicolas Starkos et d'Hadjine Elizundo ne faisait de doute pour personne. Il fallait seulement attendre que les premiers temps du deuil fussent écoulés, et, peut-être aussi, que la situation financière de la maison eût été régulièrement établie.

Quant à la fortune que laissait le banquier, on savait qu'elle était énorme. Grossie, naturellement, par les bavardages du quartier et les on-dit de la ville, elle arrivait déjà à être quintuplée. Oui! on affirmait qu'Elizundo ne laissait pas moins d'une centaine de millions! Et quelle héritière, cette jeune Hadjine, et quel homme heureux, ce Nicolas Starkos, auquel sa main était promise! On ne parlait plus que de cela dans Corfou, dans ses deux faubourgs, jusque dans les derniers villages de l'île! Aussi les badauds affluaient-ils à la Strada Reale. Faute de mieux, on voulait au moins contempler cette maison fameuse, dans laquelle il était entré tant d'argent, et où il devait en rester tant, puisqu'il en était si peu sorti !

La vérité, c'est que cette fortune était énorme. Elle se montait à près de vingt millions, et, ainsi que l'avait dit Nicolas Starkos à Skopélo dans leur dernier entretien, fortune en valeurs facilement réalisables, non en propriétés foncières.

Ce fut ce que reconnut Hadjine Elizundo, ce que Xaris reconnut avec elle, pendant les premiers jours qui suivirent la mort du banquier. Mais, ce qu'ils furent aussi amenés à reconnaître, ce fut par quels moyens cette fortune avait été gagnée. En effet, Xaris avait assez l'habitude des affaires de banque pour se rendre compte de ce qu'avait été le passé du comptoir, lorsque les livres et les papiers eurent été mis à sa disposition. Elizundo avait, sans doute, l'intention de les détruire plus tard, mais la mort l'avait surpris. Ils étaient là. Ils parlaient d'eux-mêmes.

Hadjine et Xaris ne savaient que trop, maintenant, d'où venaient ces millions ! Sur combien de trafics odieux, sur combien de misères reposait toute cette richesse, ils n'avaient plus à l'apprendre ! Voilà donc comment et pourquoi Nicolas Starkos tenait Elizundo ! Il était son complice ! Il pouvait le déshonorer d'un mot ! Puis, s'il lui convenait de disparaître, il eût été impossible de retrouver ses traces ! Et c'était son silence qu'il faisait payer au père en lui arrachant sa fille !

« Le misérable !... le misérable ! s'écriait Xaris.

— Tais-toi ! » répondait Hadjine.

Et il se taisait, car il sentait bien que ses paroles allaient atteindre plus loin que Nicolas Starkos !

Cependant, cette situation ne pouvait tarder à se dénouer. Il fallait, d'ailleurs, qu'Hadjine Elizundo prît sur elle de précipiter ce dénouement dans l'intérêt de tous.

Le sixième jour après la mort d'Elizundo, vers sept heures du soir, Nicolas Starkos, que Xaris attendait à l'escalier du môle, était prié de se rendre immédiatement à la maison de banque.

Dire que cette communication fut faite d'un ton aimable, ce serait aller trop loin. Le ton de Xaris n'était rien moins qu'engageant, sa voix rien moins que douce, quand il aborda le capitaine de la *Karysta*. Mais celui-ci n'était pas homme à s'émouvoir de si peu, et il suivit Xaris jusqu'au comptoir, où il fut aussitôt introduit.

Pour les voisins, qui virent entrer Nicolas Starkos dans cette maison, si obstinément fermée jusqu'alors, il n'était plus douteux que les chances ne fussent en sa faveur.

Nicolas Starkos trouva Hadjine Elizundo dans le cabinet de son père. Elle était assise devant le bureau, sur lequel se voyaient un grand nombre de papiers, documents et livres. Le capitaine comprit que la jeune fille avait dû se mettre au courant des affaires de la maison, et il ne se trompait pas. Mais connaissait-elle les rapports que le banquier avait eus avec les pirates de l'Archipel, voilà ce qu'il se demandait.

A l'entrée du capitaine, Hadjine Elizundo se leva, — ce qui la dispensait de lui offrir de s'asseoir, — et elle fit signe à Xaris de les laisser seuls. Elle était vêtue de deuil. Sa physionomie grave, ses yeux fatigués par l'insomnie, indiquaient, en toute sa personne, une grande lassitude physique, mais nul abattement moral. Dans cet entretien, qui allait avoir de si graves conséquences pour tous ceux dont il serait question, son calme ne devait pas l'abandonner un seul instant.

« Me voici, Hadjine Elizundo, dit le capitaine, et je suis à vos ordres. Pourquoi m'avez-vous fait demander?

— Pour deux motifs, Nicolas Starkos, répondit la jeune fille, qui voulait aller droit au but. Tout d'abord, j'ai à vous dire que ce projet de mariage que m'imposait mon père, vous le savez bien, doit être considéré comme rompu entre nous.

— Et moi, répliqua froidement Nicolas Starkos, je me bornerai à répondre qu'en parlant ainsi, Hadjine Elizundo n'a peut-être pas réfléchi aux conséquences de ses paroles.

— J'ai réfléchi, répondit la jeune fille, et vous comprendrez que ma résolution doit être irrévocable, puisque je n'ai plus rien à apprendre sur la nature des affaires que la maison Elizundo a faites avec vous et les vôtres, Nicolas Starkos! »

Ce ne fut pas sans un vif déplaisir que le capitaine de la *Karysta* reçut cette très nette réponse. Sans doute, il s'attendait bien à ce qu'Hadjine Elizundo lui notifiât son congé en bonne forme, mais il comptait aussi briser sa résistance, en lui apprenant ce qu'avait été son père et quels rapports le liaient à lui. Or, voici qu'elle savait tout. C'était donc une arme, sa meilleure peut-être, qui se brisait dans sa main. Toutefois, il ne se crut pas désarmé, et il reprit d'un ton quelque peu ironique :

« Ne mêlez pas le nom d'Henry d'Albaret à tout ceci ! » Page 96.)

« Ainsi, vous connaissez les affaires de la maison Elizundo, et, les connaissant, vous tenez ce langage ?

— Je le tiens, Nicolas Starkos, et le tiendrai toujours, parce que c'est mon devoir de le tenir !

— Dois-je donc croire, répondit Nicolas Starkos, que le capitaine Henry d'Albaret...

— Ne mêlez pas le nom d'Henry d'Albaret à tout ceci ! » répliqua vivement Hadjine.

Puis, plus maîtresse d'elle-même, et, pour empêcher toute provocation

Nicolas Starkos était saisi par deux bras de fer. (Page 99.)

qui eût pu survenir, elle ajouta :

« Vous savez bien, Nicolas Starkos, que jamais le capitaine d'Albaret ne consentira à s'unir à la fille du banquier Elizundo!

— Il sera difficile!

— Il sera honnête!

— Et pourquoi?

— Parce qu'on n'épouse pas une héritière dont le père a été le banquier des pirates! Non! Un honnête homme ne peut accepter une fortune acquise d'une façon infâme!

13

— Mais, reprit Nicolas Starkos, il me semble que nous parlons là de choses absolument étrangères à la question qu'il s'agit de résoudre !

— Cette question est résolue !

— Permettez-moi de vous faire observer que c'était le capitaine Starkos, non le capitaine d'Albaret, qu'Hadjine Elizundo devait épouser ! La mort de son père ne doit pas avoir plus changé ses intentions qu'elle n'a changé les miennes !

— J'obéissais à mon père, répondit Hadjine, je lui obéissais, sans rien savoir des motifs qui l'obligeaient à me sacrifier ! Je sais, à présent, que je sauvais son honneur en lui obéissant !

— Eh bien, si vous savez... répondit Nicolas Starkos.

— Je sais, reprit Hadjine en lui coupant la parole, je sais que c'est vous, son complice, qui l'avez entraîné dans ces affaires odieuses, vous qui avez fait entrer ces millions dans la maison de banque, honorable avant vous ! Je sais que vous avez dû le menacer de révéler publiquement son infamie, s'il refusait de vous donner sa fille ! En vérité ! avez-vous jamais pu croire, Nicolas Starkos, qu'en consentant à vous épouser, je fisse autre chose que d'obéir à mon père ?

— Soit, Hadjine Elizundo, je n'ai plus rien à vous apprendre ! Mais, si vous étiez soucieuse de l'honneur de votre père pendant sa vie, vous devez l'être tout autant après sa mort, et, pour peu que vous persistiez à ne pas tenir vos engagements envers moi...

— Vous direz tout, Nicolas Starkos ! s'écria la jeune fille avec une telle expression de dégoût et de mépris qu'une sorte de rougeur monta au front de l'impudent personnage.

— Oui... tout ! répliqua-t-il.

— Vous ne le ferez pas, Nicolas Starkos !

— Et pourquoi ?

— Ce serait vous accuser vous-même !

— M'accuser, Hadjine Elizundo ! Pensez-vous donc que ces affaires aient été jamais faites sous mon nom ? Vous imaginez-vous que ce soit Nicolas Starkos qui coure l'Archipel et trafique des prisonniers de guerre ? Non ! En parlant, je ne me compromettrai pas, et, si vous m'y forcez, je parlerai ! »

La jeune fille regarda le capitaine en face. Ses yeux, qui avaient toute l'audace de l'honnêteté, ne se baissèrent pas devant les siens, si effrayants qu'ils fussent.

« Nicolas Starkos, reprit-elle, je pourrais vous désarmer d'un mot, car ce n'est ni par sympathie ni par amour pour moi que vous avez exigé ce mariage! C'était simplement pour devenir possesseur de la fortune de mon père! Oui! je pourrais vous dire : Ce ne sont que ces millions que vous voulez!... Eh bien, les voilà!... prenez-les!... partez!... et que je ne vous revoie jamais!... Mais je ne dirai pas cela, Nicolas Starkos!... Ces millions, dont j'hérite... vous ne les aurez pas!... Je les garderai!... J'en ferai l'usage qui me conviendra!... Non! vous ne les aurez pas!... Et maintenant, sortez de cette chambre!... Sortez de cette maison!... Sortez! »

Hadjine Elizundo, le bras tendu, la tête haute, semblait alors maudire le capitaine, comme Andronika l'avait maudit, quelques semaines avant, sur le seuil de la maison paternelle. Mais, ce jour-là, si Nicolas Starkos avait reculé devant le geste de sa mère, cette fois, il marcha résolument vers la jeune fille :

« Hadjine Elizundo, dit-il à voix basse, oui! il me faut ces millions!... D'une façon ou d'une autre, il me les faut... et je les aurai!

— Non!... et plutôt les anéantir, plutôt les jeter dans les eaux du golfe! répondit Hadjine.

— Je les aurai, vous dis-je!... Je les veux! »

Nicolas Starkos avait saisi la jeune fille par le bras. La colère l'égarait. Il n'était plus maître de lui. Son regard se troublait. Il eût été capable de la tuer!

Hadjine Elizundo vit tout cela en un instant. Mourir! Eh! que lui importait maintenant! La mort ne l'eût point effrayée. Mais l'énergique jeune fille avait autrement disposé d'elle-même... Elle s'était condamnée à vivre.

« Xaris! » cria-t-elle.

La porte s'ouvrit. Xaris parut.

« Xaris, chasse cet homme! »

Nicolas Starkos n'avait pas eu le temps de se retourner qu'il était saisi par deux bras de fer. La respiration lui manqua. Il voulut parler, crier... Il n'y parvint pas plus qu'il ne parvint à se dégager de cette effroyable étreinte. Puis, tout meurtri, à demi étouffé, hors d'état de rugir, il fut déposé à la porte de la maison.

Là, Xaris ne prononça que ces mots :

« Je ne vous tue pas, parce qu'elle ne m'a pas dit de vous tuer! Quand elle me le dira, je le ferai! »

Et il referma la porte.

A cette heure, la rue était déjà déserte. Personne n'avait pu voir ce qui venait de se passer, c'est-à-dire que Nicolas Starkos venait d'être chassé de la maison du banquier Elizundo. Mais on l'avait vu y entrer, et cela suffisait. Il s'ensuit donc que, lorsque Henry d'Albaret apprit que son rival avait été reçu là où on refusait de le recevoir, il dut penser, comme tout le monde, que le capitaine de la *Karysta* était resté vis-à-vis de la jeune fille dans les conditions d'un fiancé.

Quel coup cela fut pour lui! Nicolas Starkos, admis dans cette maison d'où l'excluait une consigne impitoyable! Il fut tenté, tout d'abord, de maudire Hadjine, et qui ne l'eût fait à sa place? Mais il parvint à se maîtriser, son amour l'emporta sur sa colère, et, bien que les apparences fussent contre la jeune fille :

« Non! non!... s'écria-t-il, cela n'est pas possible!... Elle... à cet homme!... Cela ne peut être!... Cela n'est pas! »

Cependant, malgré les menaces par lui faites à Hadjine Elizundo, Nicolas Starkos, après avoir réfléchi, s'était décidé à se taire. De ce secret, qui pesait sur la vie du banquier, il résolut de ne rien dévoiler. Cela lui laissait toute facilité d'agir, et il serait toujours temps de le faire, plus tard, si les circonstances l'exigeaient

C'est ce qui fut bien convenu entre Skopélo et lui. Il ne cacha rien au second de la *Karysta* de ce qui s'était passé pendant sa visite à Hadjine Elizundo. Skopélo l'approuva de ne rien dire et de se réserver, tout en observant que les choses ne prenaient point une tournure favorable à leurs projets. Ce qui l'inquiétait surtout, c'était que l'héritière ne voulût pas acheter leur discrétion en abandonnant l'héritage! Pourquoi? En vérité, il n'y comprenait rien.

Pendant les jours suivants, jusqu'au 12 novembre, Nicolas Starkos ne quitta pas son bord, même une heure. Il cherchait, il combinait les divers moyens qui pourraient le conduire à son but. D'ailleurs, il comptait un peu sur l'heureuse chance, qui l'avait toujours servi pendant le cours de son abominable existence... Cette fois-ci, il comptait à tort.

De son côté, Henry d'Albaret ne vivait pas moins à l'écart. Ses tentatives pour revoir la jeune fille, il n'avait pas cru devoir les renouveler. Mais il ne désespérait pas.

Le 12, au soir, une lettre lui fut apportée à son hôtel. Un pressentiment lui dit que cette lettre venait d'Hadjine Elizundo. Il l'ouvrit, il regarda la signature : il ne s'était pas trompé.

Cette lettre ne contenait que quelques lignes, écrites de la main de la jeune fille. Voici ce qu'elle disait :

« Henry,

« La mort de mon père m'a rendu ma liberté, mais vous devez renoncer à « moi! La fille du banquier Elizundo n'est pas digne de vous! Je ne serai « jamais à Nicolas Starkos, un misérable! mais je ne puis être à vous, un « honnête homme! Pardon et adieu!

« HADJINE ELIZUNDO. »

Au reçu de cette lettre, Henry d'Albaret, sans prendre le temps de réfléchir, courut à la maison de la Strada Reale...

La maison était fermée, abandonnée, déserte, comme si Hadjine Elizundo l'eût quittée avec son fidèle Xaris pour n'y jamais revenir.

IX

L'ARCHIPEL EN FEU.

L'île de Scio, plus généralement appelée Chio depuis cette époque, est située dans la mer Egée, à l'ouest du golfe de Smyrne, près du littoral de l'Asie Mineure. Avec Lesbos au nord, Samos au sud, elle appartient au groupe des Sporades, situé dans l'est de l'Archipel. Elle ne se développe pas sur moins de quarante lieues de périmètre. Le mont Pélinéen, maintenant mont Elias, qui la domine, se dresse à une hauteur de deux mille cinq cents pieds au-dessus du niveau de la mer.

Des principales villes que renferme cette île, Volysso, Pitys, Delphinium, Leuconia, Caucasa, Scio sa capitale est la plus importante. C'était là que, le 30 octobre 1827, le colonel Fabvier avait débarqué un petit corps expéditionnaire, dont l'effectif s'élevait à sept cents réguliers, deux cents cavaliers, quinze cents irréguliers à la solde des Sciotes, avec un matériel comprenant dix obusiers et dix canons.

L'intervention des puissances européennes, après le combat de Navarin, n'avait pas encore définitivement résolu la question grecque. L'Angleterre, la France et la Russie ne voulaient, en effet, donner au nouveau royaume que les limites mêmes que l'insurrection n'avait jamais dépassées. Or, cette détermination ne pouvait convenir au gouvernement hellénique. Ce qu'il exigeait, c'étaient, avec toute la Grèce continentale, la Crète et l'île de Scio, nécessaires à son autonomie. Aussi, tandis que Miaoulis prenait la Crète pour objectif, Ducas, la terre ferme, Fabvier débarquait à Maurolimena, dans l'île de Scio, à la date indiquée ci-dessus.

On comprend que les Hellènes voulussent ravir aux Turcs cette île superbe, magnifique joyau de ce chapelet des Sporades. Son ciel, le plus pur de l'Asie Mineure, lui fait un climat merveilleux, sans chaleurs extrêmes, sans froids excessifs. Il la rafraîchit au souffle d'une brise modérée, il la rend salutaire entre toutes les îles de l'Archipel. Aussi, dans un hymne attribué à Homère, — que Scio revendique comme un de ses enfants, — le poète l'appelle la « très grasse. » Vers l'ouest, elle distille des vins délicieux qui rivaliseraient avec les meilleurs crûs de l'antiquité, et un miel qui peut le disputer à celui de l'Hymette. Vers l'est, elle fait mûrir des oranges et des citrons, dont la renommée se propage jusqu'à l'Europe occidentale. Vers le sud, elle se couvre de ces diverses espèces de lentisques qui produisent une précieuse gomme, le mastic, si employé dans les arts et même en médecine, — grande richesse du pays. Enfin, dans cette contrée, bénie des Dieux, poussent avec les figuiers, les dattiers, les amandiers, les grenadiers, les oliviers, tous les plus beaux types arborescents des zones méridionales de l'Europe.

Cette île, le gouvernement voulait donc l'englober dans le nouveau royaume. C'est pourquoi le hardi Fabvier, en dépit de tous les déboires dont il avait été abreuvé par ceux-là mêmes pour lesquels il venait verser son sang, s'était chargé de la conquérir.

Cependant, durant les derniers mois de cette année, les Turcs n'avaient cessé de continuer massacres et razzias à travers la péninsule hellénique, et cela, à la veille du débarquement, à Nauplie, de Capo d'Istria. L'arrivée de ce diplomate devait mettre fin aux querelles intestines des Grecs et concentrer le gouvernement en une seule main. Mais, bien que la Russie dût déclarer la guerre au sultan six mois après, et venir ainsi en aide à la constitution du nouveau royaume, Ibrahim tenait toujours la partie moyenne et les villes maritimes du Péloponnèse. Et si, huit mois plus tard, le 6 juillet 1828, il se préparait à quitter le pays, auquel il avait fait tant de mal, si, en septembre de la même année, il ne devait plus rester un seul Égyptien sur la terre de Grèce, ces hordes sauvages n'en allaient pas moins ravager la Morée pendant quelque temps encore.

Toutefois, puisque les Turcs ou leurs alliés occupaient certaines villes du littoral, aussi bien dans le Péloponnèse que dans la Crète, on ne s'étonnera pas que les pirates fussent nombreux à courir les mers avoisinantes. Si le mal qu'ils causaient aux navires faisant le commerce d'une île à l'autre, était considérable, ce n'était pas que les commandants de flottilles grecques, les Miaoulis, les Canaris, les Tsamados, cessassent de les poursuivre ; mais ces forbans étaient nombreux, infatigables, et il n'y avait plus aucune sécurité à traverser ces parages. De la Crète à l'île de Métélin, de Rhodes à Négrepont, l'Archipel était en feu.

Enfin, à Scio même, ces bandes, composées du rebut de toutes les nations, écumaient les alentours de l'île, et venaient en aide au pacha, renfermé dans la citadelle, dont le colonel Fabvier allait commencer le siège dans de détestables conditions.

On s'en souvient, les négociants des îles Ioniennes, épouvantés de cet état de choses commun à toutes les Échelles du Levant, s'étaient associés pour armer une corvette, destinée à donner la chasse aux pirates. Aussi, depuis cinq semaines, la *Syphanta* avait-elle quitté Corfou, afin de rallier les mers de l'Archipel. Deux ou trois affaires, dont elle s'était heureusement tirée, la capture de plusieurs navires, à bon droit suspects, ne pouvaient que l'encourager à poursuivre résolument son œuvre. Signalé à maintes reprises dans les eaux de Psara, de Scyros, de Zéa, de Lemnos, de Paros, de Santorin, son commandant Stradena remplissait sa tâche avec non moins de hardiesse que de bonheur. Seulement, il ne semblait pas qu'il eût encore pu rencontrer cet insaisissable Sacratif, dont l'apparition était toujours marquée par les plus sanglantes catastrophes. On entendait souvent parler de lui, on ne le voyait jamais.

Or, il y avait quinze jours au plus, vers le 13 novembre, la *Syphanta* venait d'être aperçue aux environs de Scio. A cette date, le port de l'île reçut même une de ses prises, et Fabvier fit prompte justice de son équipage de pirates.

La *Syphanta* avait été aperçue aux environs de Scio. (Page 103.)

Mais, depuis cette époque, plus de nouvelles de la corvette. Personne ne pouvait dire dans quels parages elle traquait actuellement les écumeurs de l'Archipel. On avait même lieu d'être inquiet sur son compte. Jusqu'alors, en effet, dans ces mers resserrées, toutes semées d'îles, et par conséquent de points de relâche, il était rare que plusieurs jours s'écoulassent sans que sa présence n'eût été signalée.

C'est dans ces circonstances, que, le 27 novembre, Henry d'Albaret arriva à Scio, huit jours après avoir quitté Corfou. Il y venait rejoindre son ancien commandant, afin de continuer sa campagne contre les Turcs.

Le siège de la citadelle de Scio était commencé. (Page 107.)

La disparition d'Hadjine Elizundo l'avait frappé d'un coup terrible. Ainsi, la jeune fille repoussait Nicolas Starkos comme un misérable indigne d'elle, et elle se refusait à celui qu'elle avait accepté, comme étant indigne de lui! Quel mystère y avait-il dans tout cela? Où fallait-il le chercher? Dans sa vie, à elle, si calme, si pure? Non, évidemment! Était-ce dans la vie de son père? Mais qu'y avait-il donc de commun entre le banquier Elizundo et le capitaine Nicolas Starkos?

A ces questions, qui eût pu répondre? La maison de banque était abandonnée. Xaris lui-même avait dû la quitter en même temps que la jeune fille.

14

Henry d'Albaret ne pouvait compter que sur lui seul pour découvrir ces secrets de la famille Elizundo.

Il eut alors la pensée de fouiller la ville de Corfou, puis l'île entière. Peut-être Hadjine y avait-elle cherché refuge en quelque endroit ignoré? On compte, en effet, un certain nombre de villages, disséminés à la surface de l'île, où il est facile de trouver un abri sûr. Pour qui veut se dérober au monde et se faire oublier, Benizze, Santa Decca, Leucimne, vingt autres, offrent de tranquilles retraites. Henry d'Albaret se jeta sur toutes les routes, il chercha jusque dans les moindres hameaux quelque trace de la jeune fille : il ne trouva rien.

Un indice, alors, lui donna à supposer qu'Hadjine Elizundo avait dû quitter l'île de Corfou. En effet, au petit port d'Alipa, dans l'ouest-nord-ouest de l'île, on lui apprit qu'un léger speronare venait récemment de prendre la mer, après avoir attendu deux passagers pour le compte desquels il avait été secrètement frété.

Mais ce n'était là qu'un indice bien vague. D'ailleurs, certaines concordances de faits et de dates vinrent bientôt donner au jeune officier un nouveau sujet de craintes.

En effet, lorsqu'il fut de retour à Corfou, il apprit que la sacolève, elle aussi, avait quitté le port. Et, ce qui ressortait de plus grave, c'est que ce départ s'était effectué le jour même où Hadjine Elizundo avait disparu. Devait-on voir un lien entre ces deux événements? La jeune fille, attirée dans quelque piège en même temps que Xaris, avait-elle été enlevée par force. N'était-elle pas maintenant au pouvoir du capitaine de la *Karysta*?

Cette pensée brisa le cœur d'Henry d'Albaret. Mais que faire? En quel point du monde rechercher Nicolas Starkos? Au vrai, qu'était-il, cet aventurier? La *Karysta*, venue on ne sait d'où, partie pour on ne sait où, pouvait à bon droit passer à l'état de bâtiment suspect! Toutefois, dès qu'il fut redevenu maître de lui-même, le jeune officier repoussa bien loin cette pensée. Puisque Hadjine Elizundo se déclarait indigne de lui, puisqu'elle ne voulait pas le revoir, quoi de plus naturel d'admettre qu'elle s'était volontairement éloignée sous la protection de Xaris.

Eh bien, s'il en était ainsi, Henry d'Albaret saurait la retrouver. Peut-être son patriotisme l'avait-il poussée à prendre part à cette lutte où s'agitait le sort de son pays. Peut-être, cette énorme fortune, dont elle était libre de disposer, avait-elle voulu la mettre au service de la guerre de l'Indépendance? Pourquoi n'aurait-elle pas suivi, sur le même théâtre, les Bobolina, les Modéna, les Andronika et tant d'autres, pour lesquelles son admiration était sans bornes ?

Aussi, Henry d'Albaret, bien certain qu'Hadjine Elizundo ne se trouvait plus à Corfou, se décida-t-il à reprendre sa place dans le corps des Philhellènes. Le colonel Fabvier était à Scio avec ses réguliers. Il résolut d'aller le rejoindre. Il quitta les îles Ioniennes, traversa la Grèce du nord, passa les golfes de Patras et de Lépante, s'embarqua au golfe d'Egine, échappa, non sans peine, à quelques pirates qui écumaient la mer des Cyclades, et arriva à Scio, après une rapide traversée.

Fabvier fit au jeune officier un cordial accueil, qui prouvait combien il le tenait en haute estime. Ce hardi soldat voyait en lui, non seulement un dévoué compagnon d'armes, mais un ami sûr, auquel il pouvait confier ses ennuis, et ils étaient grands. L'indiscipline des irréguliers, qui formaient un chiffre important dans le corps expéditionnaire, la solde mal et même non payée, les embarras suscités par les Sciotes eux-mêmes, tout cela gênait et retardait ses opérations.

Cependant le siège de la citadelle de Scio était commencé. Toutefois, Henry d'Albaret arriva assez à temps pour prendre part aux travaux d'approche. A deux reprises, les puissances alliées enjoignirent au colonel Fabvier de cesser ses préparatifs; le colonel, ouvertement soutenu par le gouvernement hellénique, ne tint aucun compte de ces injonctions et continua imperturbablement son œuvre.

Bientôt, ce siège fut converti en une sorte de blocus, mais si insuffisamment fermé que les provisions et les munitions purent toujours être reçues par les assiégés. Quoi qu'il en soit, peut-être Fabvier serait-il parvenu à s'emparer de la citadelle, si son armée, que la famine affaiblissait de jour en jour, ne se fût répandue dans l'île pour piller et se nourrir. Or, ce fut dans ces conditions qu'une flotte ottomane, composée de cinq vaisseaux, put forcer le port de Scio et apporter aux Turcs un renfort de deux mille cinq cents hommes. Il est vrai que peu de temps après, Miaoulis apparut avec son escadre pour venir en aide au colonel Fabvier, mais trop tard, et il dut se retirer.

Avec l'amiral grec étaient arrivés quelques bâtiments sur lesquels s'étaient embarqués un certain nombre de volontaires, destinés à renforcer le corps expéditionnaire de Scio.

Une femme s'était jointe à eux.

Après avoir lutté jusqu'à la dernière heure contre les soldats d'Ibrahim dans le Péloponnèse, Andronika, qui avait été du début, voulait aussi être de la fin de la guerre. C'est pourquoi elle était venue à Scio, résolue, s'il le fallait, à se faire tuer dans cette île, que les Grecs prétendaient rattacher à leur nouveau royaume. C'eût été, pour elle, comme une compensation du mal que son indigne fils avait fait en ces lieux mêmes, lors des épouvantables massacres de 1822.

A cette époque, le sultan avait lancé contre Scio cet arrêt terrible : feu, fer, esclavage. Le capitan-pacha, Kara-Ali, fut chargé de l'exécuter. Il l'accomplit. Ses hordes sanguinaires prirent pied dans l'île. Hommes au-dessus de douze ans, femmes au-dessus de quarante, furent impitoyablement massacrés. Le reste, réduit en esclavage, devait être emporté sur les marchés de Smyrne et de la Barbarie. L'île entière fut ainsi mise à feu et à sang par la main de trente mille Turcs. Vingt-trois mille Sciotes avaient été tués. Quarante-sept mille furent destinés à être vendus.

C'est alors qu'intervint Nicolas Starkos. Ses compagnons et lui, après avoir pris leur part des tueries et du pillage, se firent les principaux courtiers de ce trafic, qui allait livrer tout un troupeau humain à l'avidité ottomane. Ce furent les navires de ce renégat, qui servirent à transporter des milliers de malheureux sur les côtes de l'Asie-Mineure et de l'Afrique. C'est par suite de ces odieuses opérations que Nicolas Starkos avait été mis en rapport avec le banquier Elizundo. De là, d'énormes bénéfices, dont la plus grande somme revint au père d'Hadjine.

Or, Andronika ne savait que trop quelle part Nicolas Starkos avait prise aux massacres de Scio, quel rôle il avait joué dans ces épouvantables circonstances. C'est pourquoi elle avait voulu venir là où elle eût été cent fois maudite, si on eût su qu'elle était la mère de ce misérable. Il lui semblait que de combattre dans cette île, que de verser son sang pour la cause des Sciotes, ce serait comme une réparation, comme une expiation suprême des crimes de son fils.

Mais, du moment qu'Andronika avait débarqué à Scio, il était difficile qu'Henry d'Albaret et elle ne se rencontrassent pas un jour ou l'autre. En effet, quelques temps après son arrivée, le 15 janvier, Andronika se trouva inopinément en présence du jeune officier qui l'avait sauvée sur le champ de bataille de Chaidari.

Ce fut elle qui alla à lui, ouvrant ses bras et s'écriant :

« Henry d'Albaret!

— Vous!... Andronika!... Vous!... dit le jeune officier. Vous... que je retrouve ici?

— Oui! répondit-elle. Ma place n'est-elle pas là où il y a encore à lutter contre les oppresseurs?

— Andronika, répondit Henry d'Albaret, soyez fière de votre pays! Soyez fière de ses enfants qui l'ont défendu avec vous! Avant peu, il n'y aura plus un seul soldat turc sur le sol de la Grèce!

— Je le sais, Henry d'Albaret, et que Dieu me conserve la vie jusqu'à ce jour! »

Et alors Andronika fut amenée à dire ce qu'avait été son existence depuis que tous les deux s'étaient séparés après la bataille de Chaidari. Elle raconta son voyage au Magne, son pays natal, qu'elle avait voulu revoir une dernière fois, puis sa réapparition à l'armée du Péloponnèse, enfin son arrivée à Scio.

De son côté, Henry d'Albaret lui apprit dans quelles conditions il était revenu à Corfou, quels avaient été ses rapports avec le banquier Elizundo, son mariage décidé et rompu, la disparition d'Hadjine qu'il ne désespérait pas de retrouver un jour.

« Oui, Henry d'Albaret, répondit Andronika, si vous ignorez encore quel mystère pèse sur la vie de cette jeune fille, cependant, elle ne peut être que digne de vous! Oui! Vous la reverrez, et vous serez heureux comme tous deux vous méritez de l'être!

— Mais dites-moi, Andronika, demanda Henry d'Albaret, est-ce que vous ne connaissiez pas le banquier Elizundo?

— Non, répondit Andronika. Comment le connaîtrais-je et pourquoi me faites-vous cette question?

— C'est que j'ai eu plusieurs fois l'occasion de prononcer votre nom devant lui, répondit le jeune officier, et ce nom attirait son attention d'une façon assez singulière. Un jour, il m'a demandé si je savais ce que vous étiez devenue depuis notre séparation.

— Je ne le connais pas, Henry d'Albaret, et le nom du banquier Elizundo n'a même jamais été prononcé devant moi!

— Alors il y a là un mystère que je ne puis m'expliquer et qui ne me sera jamais dévoilé, sans doute, puisqu'Elizundo n'est plus! »

Henry d'Albaret était resté silencieux. Ses souvenirs de Corfou lui étaient revenus. Il se reprenait à songer à tout ce qu'il avait souffert, à tout ce qu'il devrait souffrir encore loin d'Hadjine!

Puis, s'adressant à Andronika :

« Et lorsque cette guerre sera finie, que comptez-vous devenir? lui demanda-t-il.

— Dieu me fera, alors, la grâce de me retirer de ce monde, répondit-elle, de ce monde où j'ai le remords d'avoir vécu!

— Le remords, Andronika?

— Oui! »

Et ce que cette mère voulait dire, c'est que sa vie seule avait été un mal, puisqu'un pareil fils était né d'elle!

Mais, chassant cette idée, elle reprit :

« Quant à vous, Henry d'Albaret, vous êtes jeune et Dieu vous réserve de longs jours! Employez-les donc à retrouver celle que vous avez perdue... et qui vous aime!

— Oui, Andronika, et je la chercherai partout, comme, partout aussi, je chercherai l'odieux rival qui est venu se jeter entre elle et moi!

— Quel était cet homme? demanda Andronika.

— Un capitaine, commandant je ne sais quel navire suspect, répondit Henry d'Albaret, et qui a quitté Corfou aussitôt après la disparition d'Hadjine!

— Et il se nomme?...

— Nicolas Starkos!

— Lui!... »

Un mot de plus, son secret lui échappait, et Andronika se disait la mère de Nicolas Starkos!

Ce nom, prononcé si inopinément par Henry d'Albaret, avait été pour elle comme un épouvantement. Si énergique qu'elle fût, elle venait de pâlir affreusement au nom de son fils. Ainsi donc, tout le mal fait au jeune officier, à celui qui l'avait sauvée au risque de sa vie, tout ce mal venait de Nicolas Starkos!

Mais Henry d'Albaret n'avait pas été sans se rendre compte de l'effet que ce nom de Starkos venait de produire sur Andronika. On comprend qu'il voulut la presser sur ce point.

« Qu'avez-vous?... Qu'avez-vous? s'écria-t-il. Pourquoi ce trouble au nom du capitaine de la *Karysta*?... Parlez!... parlez!... Connaissez-vous donc celui qui le porte?

— Non... Henry d'Albaret, non! répondit Andronika, qui balbutiait malgré elle.

— Si!... Vous le connaissez!... Andronika, je vous supplie de m'apprendre quel est cet homme... ce qu'il fait... où il est en ce moment... où je pourrais le rencontrer!

— Je l'ignore!

— Non... Vous ne l'ignorez pas!... Vous le savez, Andronika, et vous refusez de me le dire... à moi.. à moi!... Peut-être, d'un seul mot, vous pouvez me lancer sur sa trace... peut-être sur celle d'Hadjine... et vous refusez de parler!

— Henry d'Albaret, répondit Andronika d'une voix dont la fermeté ne devait plus se démentir, je ne sais rien!... J'ignore où est ce capitaine!... Je ne connais pas Nicolas Starkos! »

Cela dit, elle quitta le jeune officier, qui resta sous le coup d'une profonde émotion. Mais, depuis ce moment, quelque effort qu'il fît pour rencontrer Andronika, ce fut inutile. Sans doute, elle avait abandonné Scio pour retourner sur la terre de Grèce. Henry d'Albaret dut renoncer à tout espoir de la retrouver.

D'ailleurs, la campagne du colonel Fabvier devait bientôt prendre fin, sans avoir amené aucun résultat.

En effet, la désertion n'avait pas tardé à se mettre dans le corps expéditionnaire. Les soldats, malgré les supplications de leurs officiers, désertaient et s'embarquaient pour quitter l'île. Les artilleurs, sur lesquels Fabvier croyait pouvoir plus spécialement compter, abandonnaient leurs pièces. Il n'y avait plus rien à faire en face d'un tel découragement, qui atteignait jusqu'aux meilleurs!

Il fallut donc lever le siège et revenir à Syra, où s'était organisée cette malheureuse expédition. Là, pour prix de son héroïque résistance, le colonel Fabvier ne devait recueillir que des reproches, que des témoignages de la plus noire ingratitude.

Quant à Henry d'Albaret, il avait formé le dessein de quitter Scio en même temps que son chef. Mais vers quel point de l'Archipel porterait-il ses recherches? Il ne le savait pas encore, lorsqu'un fait inattendu vint faire cesser ses hésitations.

« Henry d'Albaret, vous êtes jeune... » (Page 110.)

La veille du jour où il allait s'embarquer pour la Grèce, une lettre lui arriva par la poste de l'île.

Cette lettre, timbrée de Corinthe, adressée au capitaine **Henry d'Albaret**, ne contenait que cet avis :

« Il y a une place à prendre dans l'état-major de la corvette *Syphanta*, de
« Corfou. Conviendrait-il au capitaine d'Albaret d'embarquer à son bord et
« de continuer la campagne commencée contre Sacratif et les pirates de
« l'Archipel?

Un canot l'attendait, amarré au pied des rochers. (Page 114.)

« La *Syphanta*, pendant les premiers jours de mars, se tiendra dans les eaux
« du cap Anapomera, au nord de l'île, et son canot restera en permanence dans
« l'anse d'Ora, au pied du cap.

« Que le capitaine Henry d'Albaret fasse ce que lui commandera son patrio-
« tisme ! »

Nulle signature. Écriture inconnue. Rien qui pût indiquer au jeune officier
de quelle part venait cette lettre.

En tout cas, c'étaient là des nouvelles de la corvette, dont on n'entendait plus

15

parler depuis quelque temps. C'était aussi, pour Henry d'Albaret, l'occasion de reprendre son métier de marin. C'était enfin la possibilité de poursuivre Sacratif, peut-être d'en débarrasser l'Archipel, peut-être aussi, — et cela ne fut pas sans influencer sa résolution, — une chance de rencontrer dans ces mers Nicolas Starkos et la sacolève.

Le parti d'Henry d'Albaret fut donc immédiatement arrêté : accepter la proposition que lui faisait ce billet anonyme. Il prit congé du colonel Fabvier, au moment où celui-ci s'embarquait pour Syra; puis, il fréta une légère embarcation et se dirigea vers le nord de l'île.

La traversée ne pouvait être longue, surtout avec un vent de terre qui soufflait du sud-ouest. L'embarcation passa devant le port de Coloquinta, entre les iles Anossai et le cap Pampaca. A partir de ce cap, elle se dirigea vers celui d'Ora et prolongea la côte, de manière à gagner l'anse du même nom.

Ce fut là qu'Henry d'Albaret débarqua dans l'après-midi du 1er mars.

Un canot l'attendait, amarré au pied des roches. Au large, une corvette était en panne.

« Je suis le capitaine Henry d'Albaret, dit le jeune officier au quartier-maître, qui commandait l'embarcation.

— Le capitaine Henry d'Albaret veut-il rallier le bord ? demanda le quartier maître.

— A l'instant. »

Le canot déborda. Enlevé par ses six avirons, il eut rapidement franchi la distance qui le séparait de la corvette, — un mille au plus.

Dès qu'Henry d'Albaret fut arrivé à la coupée de la *Syphanta* par la hanche de tribord, un long sifflet se fit entendre, puis, un coup de canon retentit, qui fut bientôt suivi de deux autres. Au moment où le jeune officier mettait pied sur le pont, tout l'équipage, rangé comme à une revue d'honneur, lui présenta les armes, et les couleurs corfiotes furent hissées à l'extrémité de la corne de brigantine.

Le second de la corvette s'avança alors, et, d'une voix forte, afin d'être entendu de tous :

« Les officiers et l'équipage de la *Syphanta*, dit-il, sont heureux de recevoir à son bord le commandant Henry d'Albaret ! »

X

CAMPAGNE DANS L'ARCHIPEL

La *Syphanta*, corvette de deuxième rang, portait en batterie vingt-deux canons de 24, et, sur le pont, — bien que ce fût rare alors pour les navires de cette classe, — six caronades de 12. Elancée de l'étrave, fine de l'arrière, les façons bien relevées, elle pouvait rivaliser avec les meilleurs bâtiments de l'époque. Ne fatiguant pas, sous n'importe quelle allure, douce au roulis, marchant admirablement au plus près comme tous les bons voiliers, elle n'eût pas été gênée de tenir, par des brises à un ris, jusqu'à ses cacatois. Son commandant, si c'était un hardi marin, pouvait faire de la toile sans rien craindre. La *Syphanta* n'eût pas plus chaviré qu'une frégate. Elle eût cassé sa mâture plutôt que de sombrer sous voiles. De là, cette possibilité de lui imprimer, même avec forte mer, une excessive vitesse. De là, aussi, bien des chances pour qu'elle réussît dans l'aventureuse croisière, à laquelle l'avaient destinée ses armateurs, ligués contre les pirates de l'Archipel.

Bien que ce ne fût point un navire de guerre, en ce sens qu'elle était la propriété, non d'un État, mais de simples particuliers, la *Syphanta* était militairement commandée. Ses officiers, son équipage, eussent fait honneur à la plus belle corvette de la France ou du Royaume-Uni. Même régularité de manœuvres, même discipline à bord, même tenue en navigation comme en relâche. Rien du laisser-aller d'un bâtiment armé en course, où la bravoure des matelots n'est pas toujours réglementée comme l'exigerait le commandant d'un bâtiment de la marine militaire.

La *Syphanta* avait deux cent cinquante hommes portés à son rôle d'équipage, pour une bonne moitié Français, Ponantais ou Provençaux, pour le reste, partie Anglais, Grecs et Corfiotes. C'étaient des gens habiles à la manœuvre, solides au combat, marins dans l'âme, sur lesquels on pouvait absolument compter : ils avaient fait leurs preuves. Quartiers-maîtres, seconds et premiers maîtres étaient dignes de leurs fonctions d'intermédiaires entre l'équipage et les officiers. Pour état-major, quatre lieutenants, huit enseignes, également d'origine corfiote, anglaise ou française, et un second. Celui-ci, le capitaine Todros, c'était un vieux routier de l'Archipel, très pratique de ces mers, dont la corvette devait parcourir les parages les plus reculés. Pas une île qui ne lui fût connue en toutes ses baies, golfes, anses et criques. Pas un îlot, dont la situation n'eût déjà été relevée par lui dans ses précédentes campagnes. Pas un brassiage, dont la valeur ne fût cotée dans sa tête, avec autant de précision que sur ses cartes.

Cet officier, âgé d'une cinquantaine d'années, Grec originaire d'Hydra, ayant déjà servi sous les ordres des Canaris et des Tomasis, devait être un précieux auxiliaire pour le commandant de la *Syphanta*.

Tout ce début de la croisière dans l'Archipel, la corvette l'avait fait sous les ordres du capitaine Stradena. Les premières semaines de navigation furent assez heureuses, ainsi qu'il a été dit. Bâtiments détruits, prises importantes, c'était là bien commencer. Mais la campagne ne se fit pas sans des pertes très sensibles au détriment de l'équipage et du corps des officiers. Si, pendant assez longtemps, on fut sans nouvelles de la *Syphanta*, c'est que, le 27 février, elle avait eu un combat à soutenir contre une flottille de pirates, au large de Lemnos.

Ce combat avait non seulement coûté une quarantaine d'hommes, tués ou blessés, mais le commandant Stradena, frappé mortellement par un boulet, était tombé sur son banc de quart.

Le capitaine Todros prit alors le commandement de la corvette; puis, après s'être assuré la victoire, il rallia le port d'Égine, afin de faire d'urgentes réparations à sa coque et à sa mâture.

Là, quelques jours après l'arrivée de la *Syphanta*, on apprit, non sans surprise, qu'elle venait d'être achetée, à un très haut prix, pour le compte d'un banquier de Raguse, dont le fondé de pouvoirs vint à Égine régulariser les papiers du bord. Tout cela se fit sans qu'aucune contestation pût être soulevée, et il fut bien et dûment établi que la corvette n'appartenait plus à ses anciens propriétaires, les armateurs corfiotes, dont le bénéfice de vente avait été très considérable.

Mais, si la *Syphanta* avait changé de mains, sa destination devait demeurer la même. Purger l'Archipel des bandits qui l'infestaient, rapatrier, au besoin, les prisonniers qu'elle pourrait délivrer sur sa route, ne point abandonner la partie qu'elle n'eût débarrassé ces mers du plus terrible des forbans, le pirate

Sacratif, telle fut la mission qui lui resta imposée. Les réparations faites, le second reçut ordre d'aller croiser sur la côte nord de Scio, où devait se trouver le nouveau capitaine, qui allait devenir « maître après Dieu » à son bord.

C'est à ce moment qu'Henry d'Albaret reçut le billet laconique, par lequel on lui faisait savoir qu'une place était à prendre dans l'état-major de la corvette *Syphanta*.

On sait qu'il accepta, ne se doutant guère que cette place, libre alors, fût celle de commandant. Voilà pourquoi, dès qu'il eut pris pied sur le pont, le second, les officiers, l'équipage, vinrent se mettre à ses ordres, pendant que le canon saluait les couleurs corfiotes.

Tout cela, Henry d'Albaret l'apprit dans une conversation qu'il eut avec le capitaine Todros. L'acte, par lequel on lui confiait le commandement de la corvette, était en règle. L'autorité du jeune officier ne pouvait donc être contestée : elle ne le fut pas. D'ailleurs, plusieurs des officiers du bord le connaissaient. On savait qu'il était lieutenant de vaisseau, un des plus jeunes mais aussi des plus distingués de la marine française. La part qu'il avait prise à la guerre de l'Indépendance lui avait fait une réputation méritée. Aussi, dès la première revue qu'il passa à bord de la *Syphanta*, son nom fut-il acclamé de tout l'équipage.

« Officiers et matelots, dit simplement Henry d'Albaret, je sais quelle est la mission qui a été confiée à la *Syphanta*. Nous la remplirons tout entière, s'il plaît à Dieu ! Honneur à votre ancien commandant Stradena, qui est mort glorieusement sur ce banc de quart ! Je compte sur vous ! Comptez sur moi ! — Rompez ! »

Le lendemain, 2 mars, la corvette, tout dessus, perdait de vue les côtes de Scio, puis la cime du mont Elias qui les domine, et faisait voile pour le nord de l'Archipel.

A un marin, il ne faut qu'un coup d'œil et une demi-journée de navigation pour reconnaître la valeur de son navire. Le vent soufflait du nord-ouest, bon frais, et il ne fut point nécessaire de diminuer de toile. Le commandant d'Albaret put donc apprécier, dès ce jour-là, les excellentes qualités nautiques de la corvette.

« Elle rendrait ses perroquets à n'importe quel bâtiment des flottes combinées, lui dit le capitaine Todros, et elle les tiendrait même avec une brise à deux ris ! »

Ce qui, dans la pensée du brave marin, signifiait deux choses : d'abord qu'aucun autre voilier n'était capable de gagner la *Syphanta* de vitesse; ensuite, que sa solide mâture et sa stabilité à la mer lui permettaient de conserver sa voilure par des temps qui eussent obligé tout autre navire à la réduire, sous peine de sombrer.

La *Syphanta*, au plus près, ses armures à tribord, piqua donc vers le nord, de manière à laisser dans l'est l'île de Métélin ou Lesbos, l'une des plus grandes de l'Archipel.

Le lendemain, la corvette passait au large de cette île, où, dès le début de la guerre, en 1821, les Grecs remportèrent un grand avantage sur la flotte ottomane.

« J'y étais, dit le capitaine Todros au commandant d'Albaret. C'était en mai. Nous étions soixante-dix bricks à poursuivre cinq vaisseaux turcs, quatre frégates, quatre corvettes, qui se réfugièrent dans le port de Métélin. Un vaisseau de 74 en partit pour aller chercher du secours à Constantinople. Mais nous l'avons rudement chassé, et il a sauté avec ses neuf cent cinquante matelots! Oui! j'y étais, et c'est moi qui ai mis le feu aux chemises de soufre et de goudron, dont nous avions revêtu sa carène! Bonnes chemises, qui tiennent chaud, mon commandant, et que je vous recommande à l'occasion... pour messieurs les pirates! »

Il fallait entendre le capitaine Todros raconter ainsi ses exploits avec la bonne humeur d'un matelot du gaillard d'avant. Mais ce que racontait le second de la *Syphanta*, il l'avait fait et bien fait.

Ce n'était pas sans raison qu'Henry d'Albaret, après avoir pris le commandement de la corvette, avait fait voile vers le nord. Peu de jours avant son départ de Scio, des navires suspects venaient d'être signalés dans le voisinage de Lemnos et de Samothrace. Quelques caboteurs levantins avaient été pillés et détruits presque sur le littoral de la Turquie d'Europe. Peut-être ces pirates, depuis que la *Syphanta* leur donnait si obstinément la chasse, jugeaient-ils à propos de se réfugier jusqu'aux parages septentrionaux de l'Archipel. De leur part, ce n'était que prudence.

Dans les eaux de Métélin, on ne vit rien. Quelques navires de commerce seulement, qui communiquèrent avec la corvette, dont la présence ne laissait pas de les rassurer.

Durant une quinzaine de jours, la *Syphanta*, bien qu'elle fût durement éprouvée par les mauvais temps d'équinoxe, remplit consciencieusement sa mission. Pendant deux ou trois coups de vent successifs, qui l'obligèrent à se mettre en cape courante, Henry d'Albaret put juger de ses qualités non moins que de l'habileté de son équipage. Mais on le jugea aussi, et il ne démentit pas la réputation, déjà faite aux officiers de la marine française, d'être d'excellents manœuvriers. Pour ses talents de tacticien au milieu d'un combat naval, on s'en rendrait compte plus tard. Quant à son courage au feu, on n'en doutait pas.

Dans ces circonstances difficiles, le jeune commandant se montra aussi remarquable en théorie qu'en pratique. Il possédait un caractère audacieux, une grande force d'âme, un inébranlable sang froid, toujours prêt à prévoir comme à maîtriser les événements. En un mot, c'était un marin, et ce mot dit tout.

Pendant la seconde quinzaine de mars, ce furent les terres de Lemnos, dont la corvette alla prendre connaissance. Cette île, la plus importante de ce fond de la mer Egée, longue de quinze lieues, large de cinq à six, n'avait pas été éprouvée, non plus que sa voisine Imbro, par la guerre de l'Indépendance ; mais, à maintes reprises, les pirates étaient venus, et jusqu'à l'entrée de la rade, enlever des navires de commerce. La corvette, afin de se ravitailler, relâcha dans le port, alors très encombré. A cette époque, en effet, on construisait beaucoup de bâtiments à Lemnos, et, si, par crainte des forbans, on n'achevait point ceux qui étaient sur chantier, ceux qui étaient achevés n'osaient sortir. De là, l'encombrement.

Les renseignements, que le commandant d'Albaret obtint dans cette île, ne pouvaient que l'engager à poursuivre sa campagne vers le nord de l'Archipel. Plusieurs fois même, le nom de Sacratif fut prononcé devant ses officiers et lui.

« Ah ! s'écria le capitaine Todros, je serais vraiment curieux de me rencontrer face à face avec ce coquin-là, qui me semble quelque peu légendaire ! Cela me prouverait du moins qu'il existe !

— Mettez-vous donc son existence en doute ? demanda vivement Henry d'Albaret.

— Sur ma parole, mon commandant, répondit Todros, si vous voulez avoir mon opinion, je ne crois guère à ce Sacratif, et je ne sache pas que personne puisse se vanter de l'avoir jamais vu ! Peut-être est-ce un nom de guerre que prennent tour à tour ces chefs de pirates ! Voyez-vous, j'estime que plus d'un s'est déjà balancé, sous ce nom, au bout d'une vergue de misaine !

La première revue qu'il passa à bord... (Page 117.)

Peu importe, d'ailleurs ! Le principal était que ces gueux fussent pendus, et ils
l'ont été !

— Après tout, ce que vous dites là est possible, capitaine Todros, répondit
Henry d'Albaret, et cela expliquerait le don d'ubiquité dont ce Sacratif semble
jouir !

— Vous avez raison, mon commandant, ajouta un des officiers français. Si
Sacratif a été vu, comme on le prétend, sur divers points à la fois et au
même jour, c'est que ce nom est pris simultanément par plusieurs des chefs
de ces écumeurs !

Dans la batterie, les canons furent chargés. (Page 124.)

— Et s'ils le prennent, c'est pour mieux dépister les honnêtes gens qui leur donnent la chasse ! répliqua le capitaine Todros. Mais, je le répète, il y a un moyen assuré de faire disparaître ce nom : c'est de prendre et de pendre tous ceux qui le portent... et même tous ceux qui ne le portent pas ! De cette façon, le vrai Sacratif, s'il existe, n'échappera pas à la corde qu'il mérite à bon droit ! »

Le capitaine Todros avait raison, mais la question était toujours de les rencontrer, ces insaisissables malfaiteurs !

« Capitaine Todros, demanda alors Henry d'Albaret, pendant la première

16

campagne de la *Syphanta*, et même pendant vos campagnes précédentes, n'avez-vous jamais eu connaissance d'une sacolève d'une centaine de tonneaux, qui porte le nom de *Karysta*?

— Jamais, répondit le second.

— Et vous, messieurs? » ajouta le commandant, en s'adressant à ses officiers.

Pas un d'eux n'avait entendu parler de la sacolève. Pour la plupart, cependant, ils couraient ces mers de l'Archipel depuis le début de la guerre de l'Indépendance.

« Le nom de Nicolas Starkos, le capitaine de cette *Karysta*, n'est point arrivé jusqu'à vous? » demanda Henry d'Albaret en insistant.

Ce nom était absolument inconnu aux officiers de la corvette. Rien d'étonnant à cela, d'ailleurs, puisqu'il ne s'agissait que du patron d'un simple navire de commerce, comme il s'en rencontre par centaines dans les échelles du Levant.

Cependant, Todros crut se rappeler très vaguement que, ce nom de Starkos, il l'avait entendu prononcer pendant une de ses relâches au port d'Arkadia, en Messénie. Ce devait être celui du capitaine de l'un de ces bâtiments interlopes, qui transportaient aux côtes barbaresques les prisonniers vendus par les autorités ottomanes.

« Bon! ce ne peut être le Starkos en question, ajouta-t-il. Celui-là, dites-vous, était le patron d'une sacolève. et une sacolève n'eût pu suffire aux besoins de ce trafic.

— En effet, » répondit Henry d'Albaret, et il s'en tint là de cette conversation.

Mais, s'il songeait à Nicolas Starkos, c'est que sa pensée le ramenait toujours à cet impénétrable mystère de la double disparition d'Hadjine Elizundo et d'Andronika. Maintenant, ces deux noms ne se séparaient plus dans son souvenir.

Vers le 25 mars, la *Syphanta* se trouvait à la hauteur de l'île de Samothrace, à soixante lieues dans le nord de Scio. On voit, en considérant le temps employé par rapport au chemin parcouru, que tous les refuges de ces parages avaient dû être minutieusement fouillés. En effet, ce que la corvette ne pouvait faire dans les hauts fonds, où l'eau lui eût manqué, ses embarcations le faisaient pour elle. Mais, jusqu'alors, il n'était rien résulté de ces recherches.

L'île de Samothrace avait été cruellement dévastée pendant la guerre, et les

Turcs la tenaient encore sous leur dépendance. On pouvait donc supposer que les écumeurs de mer trouvaient un asile sûr dans ses nombreuses criques, à défaut d'un véritable port. Le mont Saoce la domine de cinq à six mille pieds, et, de cette hauteur, il est facile aux vigies d'apercevoir et de signaler à temps tout navire dont l'arrivée paraîtrait suspecte. Les pirates, prévenus d'avance, ont donc toute possibilité de fuir avant d'être bloqués. Il en avait été ainsi, probablement, car la *Syphanta* ne fit aucune rencontre sur ces eaux presque désertes.

Henry d'Albaret donna alors la route au nord-ouest, de manière à relever l'île de Thasos, située à une vingtaine de lieues de Samothrace. Le vent étant debout, la corvette eut à louvoyer contre une très forte brise ; mais elle trouva bientôt l'abri de la terre, et par conséquent, une mer plus calme qui rendit la navigation plus facile.

Singulière destinée que celle de ces diverses îles de l'Archipel ! Tandis que Scio et Samothrace avaient eu tant à souffrir de la part des Turcs, Thasos, pas plus que Lemnos ou Imbro, ne s'était ressentie du contre-coup de la guerre. Or, toute la population est grecque, à Thasos ; les mœurs y sont primitives ; hommes et femmes ont encore conservé dans leurs ajustements, habits ou coiffures, toute la grâce de l'art antique. Les autorités ottomanes, auxquelles cette île est soumise depuis le commencement du quinzième siècle, auraient donc pu la piller à leur aise, sans rencontrer la moindre résistance. Cependant, par un privilège inexplicable, et bien que la richesse de ses habitants fût de nature à exciter la convoitise de ces barbares peu scrupuleux, elle avait été épargnée jusqu'alors.

Cependant, sans l'arrivée de la *Syphanta*, il est probable que Thasos eût connu les horreurs du pillage.

En effet, à la date du 2 avril, le port, situé au nord de l'île, qui s'appelle aujourd'hui port Pyrgo, était sérieusement menacé d'une descente de pirates. Cinq à six de leurs bâtiments, mistiques et djermes, de conserve avec un brigantin, armé d'une douzaine de canons, se tenaient en vue de la ville. Le débarquement de ces bandits au milieu d'une population inhabituée aux luttes, eût fini par un désastre, car l'île n'avait point de forces suffisantes à leur opposer.

Mais la corvette apparut sur la rade, et dès qu'elle eut été signalée par un pavillon hissé au grand mât du brigantin, tous ces bâtiments se rangèrent en ligne de bataille, — ce qui indiquait une singulière audace de leur part.

« Vont-ils donc attaquer? s'écria le capitaine Todros, qui s'était placé sur le banc de quart près du commandant.

— Attaquer... ou se défendre? répliqua Henry d'Albaret, assez surpris de cette attitude des pirates.

— Par le diable, je me serais plutôt attendu à voir ces coquins s'enfuir à toutes voiles!

— Qu'ils résistent, au contraire, capitaine Todros! Qu'ils attaquent même! S'il prenaient la fuite, quelques-uns parviendraient sans doute à nous échapper! Faites faire le branle-bas de combat! »

Les ordres du commandant s'exécutèrent aussitôt. Dans la batterie, les canons furent chargés et amorcés, les projectiles placés à la portée des servants. Sur le pont, on mit les caronades en état de servir, et l'on distribua les armes, mousquets, pistolets, sabres et haches d'abordage. Les gabiers étaient parés pour la manœuvre, aussi bien en prévision d'un combat sur place que d'une chasse à donner aux fuyards. Tout cela se fit avec autant de régularité et de promptitude que si la *Syphanta* eût été un bâtiment de guerre.

Cependant, la corvette s'approchait de la flottille, prête à attaquer comme à repousser toute attaque. Le dessein du commandant était de porter sur le brigantin, de le saluer d'une bordée qui pouvait le mettre hors de combat, puis de l'accoster et de lancer ses hommes à l'abordage.

Mais il était probable que les pirates, tout en se préparant à la lutte, ne devaient songer qu'à s'échapper. S'ils ne l'avaient pas fait plus tôt, c'est qu'ils avaient été surpris par l'arrivée de la corvette, qui maintenant leur fermait la rade. Il ne leur restait donc qu'à combiner leurs mouvements pour essayer de forcer le passage.

Ce fut le brigantin qui commença le feu. Il pointa ses canons de manière à pouvoir démâter la corvette au moins de l'un de ses mâts. S'il y réussissait, il serait dans des conditions plus favorables pour se dérober à la poursuite de son adversaire.

La bordée passa à sept ou huit pieds au dessus du pont de la *Syphanta*, coupa quelques drisses, rompit quelques écoutes et bras de vergues, fit voler en éclats une partie de la drôme entre le grand mât et le mât de misaine, et blessa trois ou quatre matelots, mais peu grièvement. En somme, elle n'atteignit aucun organe essentiel.

Henry d'Albaret ne répondit pas immédiatement. Il fit porter droit sur le brigantin, et sa bordée de tribord ne fut envoyée qu'après que la fumée des premiers coups eut été dissipée.

Fort heureusement pour le brigantin, son capitaine avait pu évoluer en profitant de la brise, et il ne reçut que deux ou trois boulets dans sa coque, au-dessus de la flottaison. S'il eut quelques hommes tués, du moins ne fut-il pas mis hors de combat.

Mais les projectiles de la corvette, qui l'avaient manqué, ne furent pas perdus. Le mistique, que le brigantin avait découvert par son évolution, en reçut une bonne part dans sa muraille de babord, et si malheureusement pour lui, qu'il commença à remplir.

« Si ce n'est pas le brigantin, c'est son compagnon qui en a dans sa vieille carcasse! s'écrièrent quelques-uns des matelots, postés sur le gaillard d'avant de la *Syphanta*.

— Ma part de vin qu'il coule en cinq minutes!

— En trois!

— Tenu, et que ton vin m'entre dans le gosier aussi facilement que l'eau lui entre par les trous de sa coque!

— Il coule!... Il coule!...

— En voilà déjà jusqu'à sa ceinture... en attendant qu'il en ait par-dessus la tête!

— Et tous ces fils de diable qui décampent, la tête la première, et se sauvent à la nage!

— Eh bien! s'ils préfèrent la corde au cou à la noyade en pleine eau, faut pas les contrarier! »

Et, en effet, le mistique s'enfonçait peu à peu. Aussi, avant que l'eau eût atteint ses lisses, l'équipage s'était-il jeté à la mer, afin de gagner quelque autre bâtiment de la flottille.

Mais ceux-ci avaient bien d'autres soucis que de s'occuper à recueillir les survivants du mistique! Ils ne cherchaient maintenant qu'à s'enfuir. Aussi tous ces misérables furent-ils noyés, sans qu'un seul bout de corde eût été lancé pour les hisser à bord.

D'ailleurs, la seconde bordée de la *Syphanta* fut envoyee, cette fois, à l'une des djermes qui se présentait par le travers, et elle la désempara complètement. Il n'en fallut pas davantage pour l'anéantir. Bientôt, la djerme eut disparu dans un rideau de flammes qu'une demi-douzaine de boulets rouges venaient d'allumer sous son pont.

En voyant ce résultat, les deux autres petits bâtiments comprirent qu'ils ne réussiraient point à se défendre contre les canons de la corvette. Il était même évident qu'en prenant la fuite, ils n'auraient aucune chance d'échapper à un navire de grande marche.

Aussi le capitaine du brigantin prit-il la seule mesure qu'il y eût à prendre, s'il voulait sauver ses équipages. Il leur fit le signal de rallier. En quelques minutes, les pirates se furent réfugiés à son bord, après avoir abandonné un mistique et une djerme, auxquels ils avaient mis le feu et qui ne tardèrent pas à sauter.

L'équipage du brigantin, ainsi renforcé d'une centaine d'hommes, se trouvait dans de meilleures conditions pour accepter le combat à l'abordage, dans le cas où il ne parviendrait pas à s'échapper.

Mais, si son équipage égalait maintenant en nombre l'équipage de la corvette, ce qu'il avait de mieux à faire, c'était encore de chercher son salut dans la fuite. Aussi n'hésita-t-il pas à mettre à profit les qualités de vitesse qu'il possédait, afin d'aller chercher refuge à la côte ottomane. Là, son capitaine saurait si bien se blottir entre les écueils du littoral, que la corvette ne pourrait l'y découvrir, ni l'y suivre, si elle le découvrait.

La brise avait notablement fraîchi. Le brigantin n'hésita pas, cependant, à gréer jusqu'à ses dernières voiles de contre-cacatois, au risque de casser sa mâture, et il commença à s'éloigner de la *Syphanta*.

« Bon! s'écria le capitaine Todros. Je serai bien surpris si ses jambes sont aussi longues que celles de notre corvette! »

Et il se retourna vers le commandant, dont il attendait les ordres.

Mais, en ce moment, l'attention d'Henry d'Albaret venait d'être attirée d'un autre côté. Il ne regardait plus le brigantin. Sa lunette tournée vers le port de Thasos, il observait un léger bâtiment qui forçait de toile pour s'en éloigner.

C'était une sacolève. Enlevée par une belle brise de nord-ouest, qui permettait à toute sa voilure de porter, elle s'était engagée dans la passe sud du port, dont son peu de tirant d'eau lui permettait l'accès.

Henry d'Albaret, après l'avoir attentivement regardée, rejeta vivement sa longue-vue.

« La *Karysta!* s'écria-t-il.

— Quoi! ce serait cette sacolève dont vous nous avez parlé? répondit le capitaine Todros.

— Elle-même, et je donnerais, pour m'en emparer... »

Henry d'Albaret n'acheva pas sa phrase. Entre le brigantin, monté par un nombreux équipage de pirates, et la *Karysta*, bien qu'elle fût sans doute commandée par Nicolas Starkos, son devoir ne lui permettait pas d'hésiter. A coup sûr, en abandonnant la poursuite du brigantin, en faisant servir pour gagner l'extrémité de la passe, il pouvait couper la route à la sacolève, il pouvait l'atteindre, il pouvait s'en emparer. Mais c'eût été sacrifier à son intérêt personnel l'intérêt général. Il ne le devait pas. Se lancer sur le brigantin, sans perdre un instant, tenter de le capturer pour le détruire, c'était ce qu'il devait faire, c'est ce qu'il fit. Il jeta un dernier regard à la *Karysta*, qui s'éloignait avec une merveilleuse vitesse par la passe restée libre, et il donna ses ordres pour appuyer la chasse au bâtiment pirate, qui commençait à s'éloigner dans une direction contraire.

Aussitôt, la *Syphanta*, toutes voiles dehors, se lança vivement dans le sillage du brigantin. En même temps, ses canons de chasse furent mis en position, et, comme les deux navires n'étaient encore qu'à un demi-mille l'un de l'autre, la corvette commença à parler.

Ce qu'elle dit ne fut sans doute pas du goût du brigantin. Aussi, en lofant de deux quarts, essaya-t-il de voir si, sous cette nouvelle allure, il ne parviendrait pas à distancer son adversaire.

Il n'en fut rien.

Le timonier de la *Syphanta* mit un peu la barre sous le vent, et la corvette lofa à son tour.

Pendant une heure encore, la poursuite fut continuée dans ces conditions. Les pirates se laissaient visiblement gagner, et il n'était pas douteux qu'ils ne fussent rejoints avant la nuit. Mais la lutte entre les deux navires devait se terminer autrement.

Par un coup heureux, l'un des boulets de la *Syphanta* vint à démâter le brigantin de son mât de misaine. Aussitôt ce navire tomba sous le vent, et la corvette n'eut plus qu'à laisser arriver pour se trouver par son travers, un quart d'heure après.

Une effroyable détonation retentit alors. La *Syphanta* venait d'envoyer toute sa bordée de tribord, à moins d'une demi-encâblure. Le brigantin fut comme soulevé par cette avalanche de fer; mais ses œuvres mortes avaient été seules atteintes, et il ne coula pas.

Toutefois, le capitaine, dont l'équipage avait été décimé par cette dernière

« Ma part de vin, qu'il coule en cinq minutes! » (Page 125.)

décharge, comprit qu'il ne pouvait résister plus longtemps, et il amena son
pavillon.

En un instant, les embarcations de la corvette eurent accosté le brigantin,
et elles en ramenèrent les quelques survivants. Puis, le bâtiment, livré aux
flammes, brûla jusqu'au moment où l'incendie eut gagné sa ligne de flottaison.
Alors il s'abîma dans les flots.

La *Syphanta* avait fait là bonne et utile besogne. Ce qu'était le chef de cette
flottille, son nom, son origine, ses antécédents, on ne devait jamais le savoir,
car il refusa obstinément de répondre aux questions qui lui furent faites à ce

Henry d'Albaret crut bien reconnaitre cette écriture. (Page 131.)

sujet. Quant à ses compagnons, ils se turent également, et peut-être même, ainsi que cela arrivait quelquefois, ne savaient-ils rien de la vie passée de celui qui les commandait. Mais qu'ils fussent pirates, il n'y avait pas à s'y tromper, et il en fut fait prompte justice.

Cependant, cette apparition et cette disparition de la sacolève avaient singulièrement donné à réfléchir à Henry d'Albaret. En effet, les circonstances dans lesquelles elle venait de quitter Thasos, ne pouvaient que la rendre absolument suspecte. Avait-elle voulu profiter du combat, livré par la corvette à la flottille, pour s'échapper plus sûrement? Redoutait-elle donc de se

17

trouver en face de la *Syphanta* qu'elle avait peut-être reconnue? Un honnête bâtiment fût resté tranquillement dans le port, puisque les pirates ne
cherchaient plus qu'à s'en éloigner! Au contraire, voilà que cette *Karysta*, au
risque de tomber entre leurs mains, s'était hâtée d'appareiller et de prendre
la mer! Rien de plus louche que cette façon d'agir, et on pouvait se demander
si elle n'était pas de connivence avec eux! En vérité, cela n'eût pas surpris le
commandant d'Albaret que Nicolas Starkos fût un des leurs. Malheureusement, il ne pouvait guère compter que sur le hasard pour retrouver sa
trace. La nuit allait venir, et la *Syphanta*, en redescendant vers le sud,
n'aurait eu aucune chance de rencontrer la sacolève. Donc, quelques
regrets que dût éprouver Henry d'Albaret d'avoir perdu cette chance de
capturer Nicolas Starkos, il lui fallut se résigner, mais il avait fait son devoir.
Le résultat de ce combat de Thasos, c'étaient cinq navires détruits, sans qu'il
en eût presque rien coûté à l'équipage de la corvette. De là, peut-être et
pour quelque temps, la sécurité assurée dans les parages de l'Archipel septen-
trional.

XI

SIGNAUX SANS RÉPONSE.

Huit jours après le combat de Thasos, la *Syphanta*, ayant fouillé toutes
les criques du rivage ottoman depuis la Cavale jusqu'à Orphana, traversait
le golfe de Contessa, puis allait du cap Deprano jusqu'au cap Paliuri, à l'ouvert des golfes de Monte-Santo et de Cassandra; enfin, dans la journée du
15 avril, elle commençait à perdre de vue les cimes du mont Athos, dont
l'extrême pointe atteint une hauteur de près de deux mille mètres au-dessus
du niveau de la mer.

Aucun bâtiment suspect ne fut aperçu pendant le cours de cette navigation.
Plusieurs fois, des escadres turques apparurent; mais la *Syphanta*, naviguant
sous pavillon corfiote, ne crut point devoir se mettre en communication avec
ces navires, que son commandant aurait plutôt reçus à coups de canon qu'à

coups de chapeau. Il en fut autrement de quelques caboteurs grecs, desquels on obtint plusieurs renseignements, qui ne pouvaient qu'être utiles à la mission de la corvette.

Ce fut dans ces circonstances, à la date du 26 avril, qu'Henry d'Albaret eut connaissance d'un fait de grande importance. Les puissances alliées venaient de décider que tout renfort, qui arriverait par mer aux troupes d'Ibrahim, serait intercepté. De plus, la Russie déclarait officiellement la guerre au sultan. La situation de la Grèce continuait donc à s'améliorer, et, quelques retards qu'elle eût encore à subir, elle marchait sûrement à la conquête de son indépendance.

Au 30 avril, la corvette s'était enfoncée jusqu'aux dernières limites du golfe de Salonique, point extrême qu'elle devait atteindre dans le nord-ouest de l'Archipel pendant cette croisière. Elle eut encore là l'occasion de donner la chasse à quelques chébecs, senaux ou polacres, qui ne lui échappèrent qu'en se jetant à la côte. Si les équipages ne périrent pas jusqu'au dernier homme, du moins, la plupart de ces bâtiments furent-ils mis hors d'usage.

La *Syphanta* reprit alors la direction du sud-est, de manière à pouvoir observer soigneusement les côtes méridionales du golfe de Salonique. Mais l'alarme avait été donnée, sans doute, car pas un seul pirate ne se montra, dont elle aurait eu à faire justice.

Ce fut alors qu'un fait singulier, inexplicable même, se produisit à bord de la corvette.

Le 10 mai, vers sept heures du soir, en rentrant dans le carré qui occupait tout l'arrière de la *Syphanta*, Henry d'Albaret trouva une lettre déposée sur la table. Il la prit, il l'approcha de la lampe de roulis qui se balançait au plafond, et en lut l'adresse.

Cette adresse était ainsi libellée :

« Au capitaine Henry d'Albaret, commandant la corvette *Syphanta*, en mer. »

Henry d'Albaret crut bien reconnaître cette écriture. Elle ressemblait, en effet, à celle de la lettre qu'il avait reçue à Scio, et par laquelle on l'informait qu'une place était à prendre à bord de la corvette.

Voici ce que contenait cette lettre, si singulièrement arrivée, cette fois, et en dehors de toutes conditions postales :

« Si le commandant d'Albaret veut disposer son plan de campagne à

« travers l'Archipel, de façon à se trouver sur les parages de l'île Scarpanto
« dans la première semaine de septembre, il aura agi pour le bien de tous et
« au mieux des intérêts qui lui sont confiés. »

Aucune date et pas plus de signature qu'à la lettre arrivée à Scio. Et, lorsque
Henry d'Albaret les eut comparées, il put s'assurer que toutes deux étaient
de la même main.

Comment expliquer cela ? La première lettre, c'était la poste qui la lui avait
remise. Mais celle-ci, ce ne pouvait être qu'une personne du bord qui l'eût
placée sur la table. Il fallait donc, ou que cette personne l'eût en sa
possession depuis le commencement de la campagne, ou qu'elle lui fût par-
venue pendant une des dernières relâches de la *Syphanta*. De plus, cette lettre
n'était point là lorsque le commandant avait quitté le carré, une heure
auparavant, pour aller sur le pont prendre ses dispositions de nuit. Donc,
nécessairement, elle avait été déposée depuis moins d'une heure sur la table
du carré.

Henry d'Albaret sonna.

Un timonier parut.

« Qui est venu ici pendant que j'étais sur le pont ? demanda Henry d'Albaret.

— Personne, mon commandant, répondit le matelot.

— Personne ?... Mais quelqu'un n'a-t-il pas pu entrer ici, sans que tu l'aies
vu ?

— Non, mon commandant, puisque je n'ai pas quitté cette porte un seul
instant.

— C'est bien ! »

Le timonier se retira, après avoir porté la main à son béret.

« Il me paraît impossible, en effet, se dit Henry d'Albaret, qu'un homme du
bord ait pu s'introduire par la porte, sans avoir été vu ! Mais, à la chute du
jour, n'a-t-on pu se glisser jusqu'à la galerie extérieure et entrer par une des
fenêtres du carré ? »

Henry d'Albaret alla vérifier l'état des fenêtres-sabords qui s'ouvraient
dans le tableau de la corvette. Mais ces fenêtres, aussi bien que celles
de sa chambre, étaient fermées intérieurement. Il était donc manifestement
impossible qu'une personne, venue du dehors, eût pu passer par l'une de ces
ouvertures.

Cela, en somme, n'était pas de nature à causer la moindre inquiétude à Henry d'Albaret ; de la surprise tout au plus, et peut-être ce sentiment de curiosité non satisfaite qu'on éprouve devant un fait difficilement explicable. Ce qui était certain, c'est que, d'une façon quelconque, la lettre anonyme était arrivée à son adresse, et que le destinataire n'était autre que le commandant de la *Syphanta*.

Henry d'Albaret, après y avoir réfléchi, résolut de ne rien dire de cette affaire, pas même au second de la corvette. A quoi lui eût servi d'en parler ? Son mystérieux correspondant, quel qu'il fût, ne se ferait certainement pas connaître.

Et maintenant, le commandant tiendrait-il compte de l'avis contenu dans cette lettre ?

« Certainement ! se dit-il. Celui qui m'a écrit la première fois, à Scio, ne m'a pas trompé en m'affirmant qu'il y avait une place à prendre dans l'état-major de la *Syphanta*. Pourquoi me tromperait-il, la seconde, en m'invitant à rallier l'île de Scarpanto dans la première semaine de septembre ? S'il le fait, ce ne peut être que dans l'intérêt même de la mission qui m'est confiée ! Oui ! Je modifierai mon plan de campagne, et je serai, à la date fixée, là où l'on me dit d'être ! »

Henry d'Albaret serra précieusement la lettre qui lui donnait ces nouvelles instructions ; puis, après avoir pris ses cartes, il se mit à étudier un nouveau plan de croisière, afin d'occuper les quatre mois qui restaient à courir jusqu'à la fin d'août.

L'île de Scarpanto est située dans le sud-est, à l'autre extrémité de l'Archipel, c'est-à-dire à quelque centaine de lieues en droite ligne. Le temps ne manquerait donc pas à la corvette pour visiter les diverses côtes de la Morée, où les pirates trouvaient à se réfugier si facilement, ainsi que tout ce groupe des Cyclades, semées depuis l'ouvert du golfe d'Egine jusqu'à l'île de Crète.

En somme, cette obligation de se trouver en vue de Scarpanto, à l'époque indiquée, n'allait que fort peu modifier l'itinéraire établi déjà par le commandant d'Albaret. Ce qu'il avait résolu de faire, il le ferait, sans avoir rien à retrancher de son programme. Aussi la *Syphanta*, à la date du 20 mai, après avoir observé les petites îles de Pélerisse, de Pépéri, de Sarakino et de Skantxoura, dans le nord de Négrepont, alla-t-elle prendre connaissance de Scyros.

Scyros est l'une des plus importantes des neuf îles qui forment ce groupe, dont l'antiquité aurait peut-être dû faire le domaine des neuf Muses. Dans son port de Saint-Georges, sûr, vaste, de bon mouillage, l'équipage de la corvette put facilement se ravitailler en vivres frais, moutons, perdrix, blé, orge, et s'approvisionner de cet excellent vin qui est une des grandes richesses du pays, Cette île, très mêlée aux événements semi-mythologiques de la guerre de Troie, qui fut illustrée par les noms de Lycomède, d'Achille et d'Ulysse, allait bientôt revenir au nouveau royaume de Grèce dans l'éparchie de l'Eubée.

Comme les rivages de Scyros sont extrêmement découpés en anses et criques, dans lesquelles des pirates peuvent aisément trouver un abri, Henry d'Albaret les fit minutieusement fouiller. Tandis que la corvette mettait en panne à quelques encâblures, ses embarcations n'en laissèrent pas un point inexploré.

De cette sévère exploration il ne résulta rien. Ces refuges étaient déserts. Le seul renseignement que le commandant d'Albaret recueillit auprès des autorités de l'île, fut celui-ci : c'est qu'un mois auparavant, dans ces mêmes parages, plusieurs navires de commerce avaient été attaqués, pillés, détruits par un bâtiment, naviguant sous pavillon de pirate, et que cet acte de piraterie, on l'attribuait au fameux Sacratif. Mais, sur quoi reposait cette assertion, nul n'eût pu le dire, tant il régnait d'incertitude touchant l'existence même de ce personnage.

La corvette quitta Scyros, après cinq ou six jours de relâche. Vers la fin de mai, elle se rapprocha des côtes de la grande île d'Eubée, aussi appelée Négrepont, dont elle observa soigneusement les abords sur plus de quarante lieues de longueur.

On sait que cette île fut une des premières à se soulever dès le début de la guerre, en 1821 ; mais les Turcs, après s'être enfermés dans la citadelle de Négrepont, s'y maintinrent avec une résistance opiniâtre, en même temps qu'ils se retranchaient dans celle de Carystos. Puis, renforcés des troupes du pacha Joussouf, ils se répandirent à travers l'île et se livrèrent à leurs massacres habituels, jusqu'au moment où un chef grec, Diamantis, parvint à les arrêter en septembre 1823. Ayant attaqué les soldats ottomans par surprise, il en tua le plus grand nombre et obligea les fuyards à repasser le détroit pour se réfugier en Thessalie.

Mais, en fin de compte, l'avantage resta aux Turcs, qui avaient le nombre pour eux. Après une vaine tentative du colonel Fabvier et du chef d'escadron Regnaud de Saint-Jean d'Angély, en 1826, ils demeurèrent définitivement maîtres de l'île entière.

Ils y étaient encore, au moment où la *Syphanta* passa en vue des côtes de Négrepont. De son bord, Henry d'Albaret put revoir ce théâtre d'une sanglante lutte, à laquelle il avait pris personnellement part. On ne s'y battait plus alors, et, après la reconnaissance du nouveau royaume, l'île d'Eubée, avec ses soixante mille habitants, allait former une des nomarchies de la Grèce.

Quelque danger qu'il y eût à faire la police de cette mer, presque sous les canons turcs, la corvette n'en continua pas moins sa croisière, et elle détruisit encore une vingtaine de navires pirates qui s'aventuraient jusque dans le groupe des Cyclades.

Cette expédition lui prit la plus grande partie de juin. Puis, elle descendit vers le sud-est. Dans les derniers jours du mois, elle se trouvait à la hauteur d'Andros, la première des Cyclades, située à l'extrémité de l'Eubée, — île patriote, dont les habitants se soulevèrent, en même temps que ceux de Psara, contre la domination ottomane.

De là, le commandant d'Albaret, jugeant à propos de modifier sa direction, afin de se rapprocher des côtes du Péloponnèse, porta franchement dans le sud-ouest. Le 2 juillet, il avait connaissance de l'île de Zéa, l'ancienne Céos ou Cos, dominée par la haute cime du mont Élie.

La *Syphanta* relâcha, pendant quelques jours, dans le port de Zéa, un des meilleurs de ces parages. Là, Henry d'Albaret et ses officiers retrouvèrent plusieurs de ces courageux Zéotes, qui avaient été leurs compagnons d'armes, pendant les premières années de la guerre. Aussi l'accueil fait à la corvette fut-il des plus sympathiques. Mais, comme aucun pirate ne pouvait avoir eu la pensée de se réfugier dans les criques de l'île, la *Syphanta* ne tarda pas à reprendre le cours de sa croisière, en doublant, dès le 5 juillet, le cap Colonne, à la pointe sud-est de l'Attique.

Pendant la fin de la semaine, la navigation fut ralentie, faute de vent, à l'ouvert de ce golfe d'Égine, qui entaille si profondément la terre de Grèce jusqu'à l'isthme de Corinthe. Il fallut veiller avec une extrême attention. La *Syphanta*, presque toujours encalminée, ne pouvait gagner ni sur un bord ni sur l'autre. Or, dans ces mers mal fréquentées, si quelques centaines d'embarcations l'eussent accostée à l'aviron, elle aurait eu bien de la peine à se

NAUPLIE. (Page 136.)

défendre. Aussi l'équipage se tint-il prêt à repousser toute attaque, et il eut raison.

On vit, en effet, s'approcher plusieurs canots dont les intentions ne pouvaient être douteuses ; mais ils n'osèrent point braver de trop près les canons et les mousquets de la corvette.

Le 10 juillet, le vent recommença à souffler du nord, — circonstance favorable pour la *Syphanta*, qui, après avoir passé presque en vue de la petite ville de Damala, eut rapidement doublé le cap Skyli, à la pointe extrême du golfe de Nauplie.

Syra. (Page 138.)

Le 11, elle paraissait devant Hydra, et, le surlendemain, devant Spetzia.
Inutile d'insister sur la part que les habitants de ces deux îles prirent à la
guerre de l'Indépendance. Au début, Hydriotes, Spetziotes et leurs voisins,
les Ipsariotes, possédaient plus de trois cents navires de commerce. Après les
avoir transformés en bâtiments de guerre, ils les lancèrent, non sans avantage,
contre les flottes ottomanes. Là fut le berceau de ces familles Condouriotis,
Tombasis, Miaoulis, Orlandos et tant d'autres de haute origine, qui payèrent
de leur fortune d'abord, de leur sang ensuite, cette dette à la patrie. De là partirent ces redoutables brûlotiers qui devinrent bientôt la terreur des Turcs.

18

Aussi, malgré des révoltes à l'intérieur, jamais ces deux îles ne furent-elles souillées par le pied des oppresseurs.

Au moment où Henry d'Albaret les visita, elles commençaient à se retirer d'une lutte, déjà bien amoindrie de part et d'autre. L'heure n'était plus loin, à laquelle elles allaient se réunir au nouveau royaume, en formant deux éparchies du département de la Corinthie et de l'Argolide.

Le 20 juillet, la corvette relâcha au port d'Hermopolis, dans l'île de Syra, cette patrie du fidèle Eumée, si poétiquement chantée par Homère. A l'époque actuelle, elle servait encore de refuge à tous ceux que les Turcs avaient chassés du continent. Syra, dont l'évêque catholique est toujours sous la protection de la France, mit toutes ses ressources à la disposition d'Henry d'Albaret. En aucun port de son pays, le jeune commandant n'eût trouvé meilleur ni plus cordial accueil.

Un seul regret se mêla à cette joie qu'il ressentit de se voir si bien reçu : ce fut de ne pas être arrivé trois jours plus tôt.

En effet, dans une conversation qu'il eut avec le consul de France, celui-ci lui apprit qu'une sacolève, portant le nom de *Karysta*, et naviguant sous pavillon grec, venait, soixante heures auparavant, de quitter le port. De là, cette conclusion que la *Karysta*, en fuyant l'île de Thasos, pendant le combat de la corvette avec les pirates, s'était dirigée vers les parages méridionaux de l'Archipel.

« Mais peut-être sait-on où elle est allée? demanda vivement Henry d'Albaret.

— D'après ce que j'ai entendu dire, répondit le consul, elle a dû faire route pour les îles du sud-est, si ce n'est même à destination de l'un des ports de la Crète.

— Vous n'avez point eu de rapport avec son capitaine? demanda Henry d'Albaret.

— Aucun, commandant.

— Et vous ne savez pas si ce capitaine se nommait Nicolas Starkos?

— Je l'ignore.

— Et rien n'a pu faire soupçonner que cette sacolève fît partie de la flottille des pirates qui infestent cette partie de l'Archipel?

— Rien; mais s'il en était ainsi, répondit le consul, il ne serait pas étonnant qu'elle eût fait voile pour la Crète, dont certains ports sont toujours ouverts à ces forbans! »

Cette nouvelle ne laissa pas de causer au commandant de la *Syphanta* une véritable émotion, comme tout ce qui pouvait se rapporter directement ou indirectement à la disparition d'Hadjine Elizundo. En vérité, c'était une mauvaise chance d'être arrivé si peu de temps après le départ de la sacolève. Mais, puisqu'elle avait fait route pour le sud, peut être la corvette, qui devait suivre cette direction, parviendrait-elle à la rejoindre? Aussi Henry d'Albaret, qui désirait si ardemment se trouver en face de Nicolas Starkos, quittait-il Syra dans la soirée même du 21 juillet, après avoir appareillé sous une petite brise, qui ne pouvait que fraîchir, à s'en rapporter aux indications du baromètre.

Péndant quinze jours, il faut bien, l'avouer, le commandant d'Albaret chercha au moins autant la sacolève que les pirates. Décidément, dans sa pensée, la *Karysta* méritait d'être traitée comme eux et pour les mêmes raisons. Le cas échéant, il verrait ce qu'il aurait à faire.

Cependant, malgré ses recherches, la corvette ne parvint pas à retrouver les traces de la sacolève. A Naxos, dont on visita tous les ports, la *Karysta* n'avait point fait relâche. Au milieu des îlots et des écueils qui entourent cette île, on ne fut pas plus heureux. D'ailleurs, absence complète de forbans, et cela dans des parages qu'ils fréquentaient volontiers. Pourtant, le commerce est considérable entre ces riches Cyclades, et les chances de pillage auraient dû tout particulièrement les y attirer.

Il en fut de même à Paros, qu'un simple canal, large de sept milles, sépare de Naxos. Ni les ports de Parkia, de Naussa, de Sainte-Marie, d'Agoula, de Dico, n'avaient reçu la visite de Nicolas Starkos. Sans doute, ainsi que l'avait dit le consul de Syra, la sacolève avait dû se diriger vers un des points du littoral de la Crète.

La *Syphanta*, le 9 août, mouillait dans le port de Milo. Cette île, que les commotions volcaniques ont faite pauvre, de riche qu'elle fut jusqu'au milieu du dix-huitième siècle, est maintenant empoisonnée par les vapeurs malignes du sol, et sa population tend de plus en plus à s'amoindrir.

Là, les recherches furent également vaines. Non seulement la *Karysta* n'y avait point paru, mais on ne trouva même pas à donner la chasse à un seul de ces pirates, qui écumaient habituellement la mer des Cyclades. C'était à se demander, vraiment, si l'arrivée de la *Syphanta*, très à propos signalée, ne leur donnait pas le temps de prendre la fuite. La corvette avait fait assez de mal à ceux du nord de l'Archipel, pour que ceux du sud voulussent éviter de se rencontrer avec elle. Enfin, pour une raison ou pour une autre, jamais ces parages n'avaient été si sûrs. Il semblait que les navires de commerce pussent y naviguer désormais en toute sécurité. Quelques-uns de ces grands caboteurs, chébecs, senaux, polacres, tartanes, felouques ou caravelles, rencontrés en route, furent interrogés ; mais, des réponses de leurs patrons ou capitaines, le commandant d'Albaret ne put rien tirer qui fût de nature à l'éclairer.

Cependant, on était au 14 août. Il ne restait plus que deux semaines pour atteindre l'île de Scarpanto, avant les premiers jours de septembre. Sortie du groupe des Cyclades, la *Syphanta* n'avait plus qu'à piquer droit au sud pendant soixante-dix à quatre-vingts lieues. Cette mer, c'est la longue terre de Crète qui la ferme, et déjà les plus hautes cimes de l'île, enveloppées d'éternelles neiges, se montraient au-dessus de l'horizon.

Ce fut dans cette direction que le commandant d'Albaret résolut de faire route. Après être arrivé en vue de la Crète, il n'aurait plus qu'à revenir vers l'est pour gagner Scarpanto.

Cependant, la *Syphanta*, en quittant Milo, poussa encore dans le sud-est jusqu'à l'île de Santorin, et fouilla les moindres replis de ses falaises noirâtres. Dangereux parages, desquels il peut à chaque instant surgir un nouvel écueil sous la poussée des feux volcaniques. Puis, prenant pour amers l'ancien mont Ida, le moderne Psilanti, qui domine la Crète de plus de sept mille pieds, la corvette courut droit dessus sous une jolie brise d'ouest-nord-ouest, qui lui permit d'établir toute sa voilure.

Le surlendemain, 15 août, les hauteurs de cette île, la plus grande de tou l'Archipel, détachaient sur un horizon clair leurs pittoresques découpures, depuis le cap Spada jusqu'au cap Stavros. Un brusque retour de la côte cachait encore l'échancrure au fond de laquelle se trouve Candie, la capitale.

« Votre intention, mon commandant, demanda le capitaine Todros, est-elle de relâcher dans un des ports de l'île ?

— La Crète est toujours aux mains des Turcs, répondit Henry d'Albaret, et je crois que nous n'avons rien à y faire. A s'en rapporter aux nouvelles qui m'ont été communiquées à Syra, les soldats de Mustapha, après s'être emparés de Retimo, sont devenus maîtres du pays tout entier, malgré la valeur des Sphakiotes.

— De hardis montagnards, ces Sphakiotes, dit le capitaine Todros, et qui, depuis le début de la guerre, se sont justement fait une grande réputation de courage...

— Oui, de courage... et d'avidité, Todros, répondit Henry d'Albaret. Il y a deux mois à peine, ils tenaient le sort de la Crète dans leur mains. Mustapha et les siens, surpris par eux, allaient être exterminés ; mais, sur son ordre, ses soldats jetèrent bijoux, parures, armes de prix, tout ce qu'ils portaient de plus précieux, et, tandis que les Sphakiotes se débandaient pour ramasser ces objets, les Turcs ont pu s'échapper à travers le défilé dans lequel ils devaient trouver la mort !

— Cela est fort triste, mais, après tout, mon commandant, les Crétois ne sont pas absolument des Grecs ! »

Qu'on ne s'étonne pas d'entendre le second de la *Syphanta*, qui était d'origine hellénique, tenir ce langage. Non seulement à ses yeux, et quel qu'eût été leur patriotisme, les Crétois n'étaient pas des Grecs, mais ils ne devaient pas même le devenir à la formation définitive du nouveau royaume. Ainsi que Samos, la Crète allait rester sous la domination ottomane, ou tout au moins jusqu'en 1832, époque à laquelle le sultan devait céder à Méhemet-Ali tous ses droits sur l'île.

Or, dans l'état actuel des choses, le commandant d'Albaret n'avait aucun intérêt à entrer en communication avec les divers ports de la Crète. Candie était devenue le principal arsenal des Égyptiens, et c'est de là que le pacha avait lancé ses sauvages soldats sur la Grèce. Quant à la Canée, à l'instigation des autorités ottomanes, sa population aurait pu faire un mauvais accueil au pavillon corfiote qui battait à la corne de la *Syphanta*. Enfin, ni à Gira-Petra, ni à Suda, ni à Cisamos, Henry d'Albaret n'eût obtenu de renseignements, qui eussent pu lui permettre de couronner sa croisière par quelque importante capture.

« Non, dit-il au capitaine Todros, il me paraît inutile d'observer la côte septentrionale, mais nous pourrions tourner l'île par le nord-ouest, doubler le cap Spada et croiser un jour ou deux au large de Grabouse. »

C'était évidemment le meilleur parti à prendre. Dans les eaux mal famées de Grabouse, la *Syphanta* trouverait peut-être l'occasion, qui lui était refusée depuis plus d'un mois, d'envoyer quelques bordées aux pirates de l'Archipel.

En outre, si la sacolève, comme on pouvait le croire, avait fait voile pour la Crète, il n'était pas impossible qu'elle fût en relâche à Grabouse. Raison de plus pour que le commandant d'Albaret voulût observer les approches de ce port.

A cette époque, en effet, Grabouse était encore un nid à forbans. Près de sept mois avant, il n'avait pas fallu moins d'une flotte anglo-française et d'un détachement de réguliers grecs sous le commandement de Maurocordato, pour avoir raison de ce repaire de mécréants. Et, ce qu'il y eut de particulier, c'est que ce furent les autorités crétoises elles-mêmes qui refusèrent de livrer une douzaine de pirates, réclamés par le commandant de l'escadre anglaise. Aussi, celui-ci fut-il obligé d'ouvrir le feu contre la citadelle, de brûler plusieurs vaisseaux et d'opérer un débarquement pour obtenir satisfaction.

Il était donc naturel de supposer que, depuis le départ de l'escadre alliée, les pirates avaient dû préférablement se réfugier à Grabouse, puisqu'ils y trouvaient des auxiliaires si inattendus. Aussi Henry d'Albaret se décida-t-il à gagner Scarpanto en suivant la côte méridionale de la Crète, de manière à passer devant Grabouse. Il donna donc ses ordres, et le capitaine Todros s'empressa de les faire exécuter.

Le temps était à souhait. D'ailleurs, sous cet agréable climat, décembre est le commencement de l'hiver et janvier en est la fin. Ile fortunée, que cette Crète, patrie du roi Minos et de l'ingénieur Dédale! N'était-ce pas là qu'Hippocrate envoyait sa riche clientèle de la Grèce qu'il parcourait en enseignant l'art de guérir?

La *Syphanta*, orientée au plus près, lofa de façon à doubler le cap Spada, qui se projette au bout de cette langue de terre, allongée entre la baie de la Canée et la baie de Kisamo. Le cap fut dépassé dans la soirée. Pendant la nuit, — une de ces nuits si transparentes de l'Orient, — la corvette contourna l'extrême pointe de l'île. Un virement vent devant lui suffit pour reprendre sa direction au sud, et, le matin, sous petite voilure, elle courait de petits bords devant l'entrée de Grabouse.

Pendant six jours, le commandant d'Albaret ne cessa d'observer toute cette côte occidentale de l'île, comprise entre Grabouse et Kisamo. Plusieurs navires sortirent du port, felouques ou chébecs de commerce. La *Syphanta* en « raisonna » quelques-uns, et n'eut point lieu de suspecter leurs réponses. Sur les questions qui leur furent faites au sujet des pirates auxquels Grabouse pouvait avoir donné refuge, ils se montrèrent d'ailleurs extrêmement réservés. On sentait qu'ils craignaient de se compromettre. Henry d'Albaret ne put même savoir, au juste, si la sacolève *Karysta* se trouvait en ce moment dans le port.

La corvette agrandit alors son champ d'observation. Elle visita les parages compris entre Grabouse et le cap Crio. Puis, le 22, sous une jolie brise qui fraîchissait avec le jour et mollissait avec la nuit, elle doubla ce cap et commença à prolonger d'aussi près que possible le littoral de la mer Lybienne, moins tourmenté, moins découpé, moins hérissé de promontoires et de pointes que celui de la mer de Crète, sur la côte opposée. Vers l'horizon du nord se déroulait la chaîne des montagnes d'Asprovouna, que dominait à l'est ce poétique mont Ida, dont les neiges résistent éternellement au soleil de l'Archipel.

Plusieurs fois, sans relâcher dans aucun de ces petits ports de la côte, la corvette stationna à un demi-mille de Rouméli, d'Anopoli, de Sphakia; mais les vigies du bord ne purent signaler un seul bâtiment de pirates sur les parages de l'île.

Le 27 août, la *Syphanta*, après avoir suivi les contours de la grande baie de Messara, doublait le cap Matala, la pointe la plus méridionale de la Crète, dont la largeur, en cet endroit, ne mesure pas plus de dix à onze lieues. Il ne semblait pas que cette exploration dût amener le moindre résultat utile à la croisière. Peu de navires, en effet, cherchent à traverser la mer Lybienne par cette latitude. Ils prennent, ou plus au nord, à travers l'Archipel, ou plus au sud, en se rapprochant des côtes d'Égypte. On ne voyait guère, alors, que des embarcations de pêche, mouillées près des roches, et, de temps à autre, quelques-unes de ces longues barques, chargées de limaçons de mer, sorte de mollusques assez recherchés dont il s'expédie d'énormes cargaisons dans toutes les îles.

Or, si la corvette n'avait rien rencontré sur cette partie du littoral que termine le cap Matala, là où les nombreux îlots peuvent cacher tant de petits bâtiments, il n'était pas probable qu'elle fût plus favorisée sur la seconde moitié de la côte méridionale. Henry d'Albaret allait donc se décider à faire directement route pour Scarpanto, quitte à s'y trouver un peu plus tôt que ne le marquait la mystérieuse lettre, lorsque ses projets furent modifiés dans la soirée du 29 août.

Il était six heures. Le commandant, le second, quelques officiers, étaient réunis sur la dunette, observant le cap Matala. En ce moment, la voix de l'un des gabiers, en vigie sur les barres du petit perroquet, se fit entendre :

« Navire par bàbord devant! » (Page 144.)

« Navire par bàbord devant! »

Les longues vues furent aussitôt dirigées vers le point indiqué, à quelques milles sur l'avant de la corvette.

« En effet, dit le commandant d'Albaret, voilà un bâtiment qui navigue sous la terre...

— Et qui doit bien la connaître puisqu'il la range de si près! ajouta le capitaine Todros.

— A-t-il hissé son pavillon?

— Non, mon commandant, répondit un des officiers.

« Singulier bâtiment! » dit le capitaine Todros. (Page 146.)

— Demandez aux vigies s'il est possible de savoir quelle est la nationalité de ce navire! »

Ces ordres furent exécutés. Quelques instants plus tard, réponse était donnée qu'aucun pavillon ne battait à la corne de ce bâtiment, ni même en tête de sa mâture.

Cependant, il faisait assez jour encore pour que l'on pût, à défaut de sa nationalité, estimer au moins quelle était sa force.

C'était un brick, dont le grand mât s'inclinait sensiblement sur l'arrière. Extrêmement long, très fin de formes, démesurément mâté, avec une large

19

croisure, il pouvait, autant qu'on pouvait s'en rendre compte à cette distance, jauger de sept à huit cents tonneaux et devait avoir une marche exceptionnelle sous toutes les allures. Mais était-il armé en guerre? Avait-il ou non de l'artillerie sur son pont? Ses pavois étaient-ils percés de sabords, dont les mantelets eussent été baissés? C'est ce que les meilleures longues-vues du bord ne purent reconnaître.

En effet, une distance de quatre milles, au moins, séparait alors le brick de la corvette. En outre, avec le soleil qui venait de disparaître derrière les hauteurs des Asprovouna, le soir commençait à se faire, et l'obscurité, au pied de la terre, était déjà profonde.

« Singulier bâtiment ! dit le capitaine Todros.

— On dirait qu'il cherche à passer entre l'île Platana et la côte ! ajouta un des officiers.

— Oui ! comme un navire qui regretterait d'avoir été vu, répondit le second, et qui voudrait se cacher ! »

Henry d'Albaret ne répondit pas ; mais, évidemment, il partageait l'opinion de ses officiers. La manœuvre du brick, en ce moment, ne laissait pas de lui paraître suspecte.

« Capitaine Todros, dit-il enfin, il importe de ne pas perdre la piste de ce navire pendant la nuit. Nous allons manœuvrer de manière à rester dans ses eaux jusqu'au jour. Mais, comme il ne faut pas qu'il nous voie, vous ferez éteindre tous les feux à bord. »

Le second donna des ordres en conséquence. On continua d'observer le brick, tant qu'il fut visible sous la haute terre qui l'abritait. Lorsque la nuit fut faite, il disparut complètement, et aucun feu ne permit de déterminer sa position.

Le lendemain, dès les premières lueurs de l'aube, Henry d'Albaret était à l'avant de la *Syphanta*, attendant que les brumes se fussent dégagées de la surface de la mer.

Vers sept heures, le brouillard se dissipa, et toutes les lunettes se dirigèrent vers l'est.

Le brick était toujours le long de terre, à la hauteur du cap Alikaporitha, à six milles environ en avant de la corvette. Il avait donc sensiblement gagné sur elle pendant la nuit, et cela, sans qu'il eût rien ajouté à sa voilure de la veille. misaine, grand et petit hunier, petit perroquet, ayant laissé sa grand'-voile et sa brigantine sur leurs cargues.

« Ce n'est point l'allure d'un bâtiment qui chercherait à fuir, fit observer le second.

— Peu importe ! répondit le commandant. Tâchons de le voir de plus près ! Capitaine Todros, faites porter sur ce brick. »

Les voiles hautes furent aussitôt larguées au sifflet du maître d'équipage, et la vitesse de la corvette s'accrut notablement.

Mais, sans doute, le brick tenait à garder sa distance, car il largua sa brigantine et son grand perroquet, — rien de plus. S'il ne voulait pas se laisser approcher par la *Syphanta*, très probablement aussi, il ne voulait pas la laisser en arrière. Toutefois, il se tint sous la côte, en la serrant d'aussi près que possible.

Vers dix heures du matin, soit qu'elle eût été plus favorisée par le vent, soit que le navire inconnu eût consenti à lui laisser prendre un peu d'avance, la corvette avait gagné quatre milles sur lui.

On put l'observer alors dans de meilleures conditions. Il était armé d'une vingtaine de caronades et devait avoir un entrepont, bien qu'il fût très ras sur l'eau.

« Hissez le pavillon, » dit Henry d'Albaret.

Le pavillon fut hissé à la corne de brigantine, et il fut appuyé d'un coup de canon. Cela signifiait que la corvette voulait connaître la nationalité du navire en vue. Mais, à ce signal, il ne fut fait aucune réponse. Le brick ne modifia ni sa direction ni sa vitesse, et s'éleva d'un quart afin de doubler la baie de Kératon.

« Pas poli, ce gaillard-là ! dirent les matelots.

— Mais prudent, peut-être ! répondit un vieux gabier de misaine. Avec son grand mât incliné, il vous a un air de porter son chapeau sur l'oreille et de ne pas vouloir l'user à saluer les gens ! »

Un second coup de canon partit du sabord de chasse de la corvette — inutilement. Le brick ne mit point en panne, et il continua tranquillement sa route, sans plus se préoccuper des injonctions de la corvette que si elle eût été par le fond.

Ce fut alors une véritable lutte de vitesse qui s'établit entre les deux bâtiments. Toute la voilure avait été mise dessus à bord de la *Syphanta*, bonnettes, ailes de pigeons, contre-cacatois, tout, jusqu'à la voile de civadière. Mais, de son côté, le brick força de toile et maintint imperturbablement sa distance.

« Il a donc une mécanique du diable dans le ventre ! » s'écria le vieux gabier.

La vérité est que l'on commençait à enrager à bord de la corvette, non seulement l'équipage, mais aussi les officiers, et plus qu'eux tous, l'impatient Todros. Vrai Dieu ! il eût donné sa part de prises pour pouvoir amariner ce brick, quelle que fût sa nationalité !

La *Syphanta* était armée, à l'avant, d'une pièce à très longue portée, qui pouvait envoyer un boulet plein de trente livres à une distance de près de deux milles.

Le commandant d'Albaret, — calme, au moins en apparence, — donna ordre de tirer.

Le coup partit, mais le boulet, après avoir ricoché, alla tomber à une vingtaine de brasses du brick.

Celui-ci, pour toute réponse, se contenta de gréer ses bonnettes hautes, et il eut bientôt accru la distance qui le séparait de la corvette.

Fallait-il donc renoncer à l'atteindre, aussi bien en forçant de toile qu'en lui envoyant des projectiles ? C'était humiliant pour une aussi bonne marcheuse que la *Syphanta* !

La nuit se fit sur les entrefaites. La corvette se trouvait alors à peu près à la hauteur du cap Péristéra. La brise vint à fraîchir, assez sensiblement même pour qu'il fût nécessaire de rentrer les bonnettes et d'établir une voilure de nuit plus convenable.

La pensée du commandant était bien que, le jour venu, il n'apercevrait plus rien de ce navire, pas même l'extrémité de ses mâts que lui masquerait soit l'horizon dans l'est, soit un retour de la côte.

Il se trompait.

Au soleil levant, le brick était toujours là, sous la même allure, ayant conservé sa distance. On eût dit qu'il réglait sa vitesse sur celle de la corvette.

« Il nous aurait à la remorque, disait-on sur le gaillard d'avant, que ce serait tout comme ! »

Rien de plus vrai.

En ce moment, le brick, après avoir donné dans le canal Kouphonisi entre l'île de ce nom et la terre, contournait la pointe de Kakialithi, afin de remonter la partie orientale de la Crète.

Allait-il donc se réfugier dans quelque port, ou disparaître au fond de l'un de ces étroits canaux du littoral.

Il n'en fut rien.

A sept heures du matin, le brick laissait porter franchement dans le nord-est et se lançait vers la pleine mer.

« Est-ce qu'il se dirigerait sur Scarpanto? » se demanda Henry d'Albaret, non sans étonnement.

Et, sous une brise, qui fraîchissait de plus en plus, au risque d'envoyer en bas une partie de sa mâture, il continua cette interminable poursuite, que l'intérêt de sa mission, non moins que l'honneur de son bâtiment, lui commandait de ne point abandonner.

Là, dans cette partie de l'Archipel, largement ouverte à tous les points du compas, au milieu de cette vaste mer que ne couvraient plus les hauteurs de la Crète, la *Syphanta* parut reprendre d'abord quelque avantage sur le brick. Vers une heure de l'après midi, la distance d'un navire à l'autre était réduite à moins de trois milles. Quelques boulets furent encore envoyés; mais ils ne purent atteindre leur but et ne provoquèrent aucune modification dans la marche du brick.

Déjà les cimes de Scarpanto apparaissaient à l'horizon, en arrière de la petite île de Caso, qui pend à la pointe de l'île, comme la Sicile pend à la pointe de l'Italie.

Le commandant d'Albaret, ses officiers, son équipage, purent alors espérer qu'ils finiraient par faire connaissance avec ce mystérieux navire, assez impoli pour ne répondre ni aux signaux ni aux projectiles.

Mais, vers cinq heures du soir, la brise ayant molli, le brick retrouva toute son avance.

« Ah! le gueux!... Le diable est pour lui!... Il va nous échapper! » s'écria le capitaine Todros.

Et, alors, tout ce que peut faire un marin expérimenté dans le but d'augmenter la vitesse de son navire, voiles arrosées pour en resserrer le tissu, hamacs suspendus, dont le branle peut imprimer un balancement favorable à la marche, tout fut mis en œuvre, — non sans quelque succès. Vers sept heures, en effet, un peu après le coucher du soleil, deux milles au plus séparaient les deux bâtiments.

Mais la nuit vient vite sous cette latitude. Le crépuscule y est de courte durée. Il aurait fallu accroître encore la vitesse de la corvette pour atteindre le brick avant la nuit.

En ce moment, il passait entre les îlots de Caso-Poulo et l'île de Casos.

Puis, au tournant de cette dernière, dans le fond de l'étroite passe qui la sépare de Scarpanto, on cessa de l'apercevoir.

Une demi-heure après lui, la *Syphanta* arrivait au même endroit, serrant toujours la terre pour se maintenir au vent. Il faisait encore assez jour pour qu'il fût possible de distinguer un navire de cette grandeur dans un rayon de plusieurs milles.

Le brick avait disparu.

XII

UNE ENCHÈRE A SCARPANTO.

Si la Crète, ainsi que le raconte la fable, fut autrefois le berceau des Dieux, l'antique Carpathos, aujourd'hui Scarpanto, fut celui des Titans, les plus audacieux de leurs adversaires. Pour ne s'attaquer qu'aux simples mortels, les pirates modernes n'en sont pas moins les dignes descendants de ces mythologiques malfaiteurs, qui ne craignirent pas de monter à l'assaut de l'Olympe. Or, à cette époque, il semblait que les forbans de toutes sortes eussent fait leur quartier général de cette île, où naquirent les quatre fils de Japet, petit-fils de Titan et de la Terre.

Et, en vérité, Scarpanto ne se prêtait que trop bien aux manœuvres qu'exigeait le métier de pirate dans l'Archipel. Elle est située, presque isolément, à l'extrémité sud-est de ces mers, à plus de quarante milles de l'île de Rhodes. Ses hauts sommets la signalent de loin. Sur les vingt lieues de son périmètre, elle se découpe, s'échancre, se creuse en indentations multiples que protègent une infinité d'écueils. Si elle a donné son nom aux eaux qui la baignent, c'est qu'elle était déjà redoutée des anciens autant qu'elle est redoutable aux modernes. A moins d'être pratique, et vieux pratique de la mer Carpathienne, il était et il est encore très dangereux de s'y aventurer.

Cependant elle ne manque point de bons mouillages, cette île qui forme le dernier grain du long chapelet des Sporades. Depuis le cap Sidro et le cap Pernisa jusqu'aux caps Bonandrea et Andemo de sa côte septentrionale, on peut y trouver de nombreux abris. Quatre ports, Agata, Porto di Tristano, Porto Grato, Porto Malo Nato, étaient très fréquentés autrefois par les caboteurs du Levant, avant que Rhodes leur eût enlevé leur importance commerciale. Maintenant, c'est à peine si quelques rares navires ont intérêt à y relâcher.

Scarpanto est une île grecque, ou, du moins, elle est habitée par une population grecque, mais elle appartient à l'Empire ottoman. Après la constitution définitive du royaume de Grèce, elle devait même rester turque sous le gou-

vernement d'un simple cadi, lequel habitait alors une sorte de maison for-
tifiée, située au dessus du bourg moderne d'Arkassa.

A cette époque, on eût rencontré dans cette île un grand nombre de Turcs,
auxquels, il faut bien le dire, sa population, n'ayant point pris part à la
guerre de l'Indépendance, ne faisait pas mauvais accueil. Devenue même
le centre d'opérations commerciales des plus criminelles, Scarpanto recevait
avec le même empressement les navires ottomans et les bâtiments pirates, qui
venaient lui verser leurs cargaisons de prisonniers. Là, les courtiers de l'Asie-
Mineure, aussi bien que ceux des côtes barbaresques, se pressaient autour
d'un important marché, sur lequel se débitait cette marchandise humaine. Là
s'ouvraient les enchères, là s'établissaient les prix qui variaient en raison des
demandes ou offres d'esclaves. Et, il faut l'avouer, le cadi n'était point sans
s'intéresser à ces opérations qu'il présidait en personne, car les courtiers
auraient cru manquer à leur devoir en ne lui abandonnant pas un tant pour
cent de la vente.

Quant au transport de ces malheureux sur les bazars de Smyrne ou de
l'Afrique, il se faisait par des navires qui, le plus souvent, venaient en prendre
livraison au port d'Arkassa, situé sur la côte occidentale de l'île. S'ils ne suffisaient pas, un exprès était envoyé à la côte opposée, et les pirates ne répugnaient point à cet odieux commerce.

En ce moment, dans l'est de Scarpanto, au fond de criques presque introu-
vables, on ne comptait pas moins d'une vingtaine de bâtiments, grands ou
petits, montés par plus de douze ou treize cents hommes. Cette flottille n'attendait que l'arrivée de son chef pour se lancer en quelque nouvelle et criminelle expédition.

Ce fut au port d'Arkassa, à une encâblure du môle, par un excellent fond
de dix brasses, que la *Syphanta* vint mouiller dans la soirée du 2 septembre.
Henry d'Albaret, en mettant le pied sur l'île, ne se doutait guère que les
hasards de sa croisière l'avaient précisément conduit au principal entrepôt
du commerce d'esclaves.

« Comptez-vous relâcher quelque temps à Arkassa, commandant? demanda
le capitaine Todros, lorsque les manœuvres du mouillage furent terminées.

— Je ne sais, répondit Henry d'Albaret. Bien des circonstances peuvent
m'obliger à quitter promptement ce port; mais bien d'autres aussi peuvent
m'y retenir!

— Les hommes iront-ils à terre? »

« C'EST ENTENDU, MON COMMANDANT... » (Page 153.)

Deux milles au plus séparaient les deux bâtiments. (Page 149.)

— Oui, mais par bordées seulement. Il faut que la moitié de l'équipage soit toujours consignée sur la *Syphanta*.

— C'est entendu, mon commandant, répondit le capitaine Todros. Nous sommes ici plus en pays turc qu'en pays grec, et il n'est que prudent de veiller au grain! »

On se rappelle qu'Henry d'Albaret n'avait rien dit à son second, ni à ses officiers, des motifs pour lesquels il était venu à Scarpanto, ni comment rendez-vous lui avait été donné en cette île pour les premiers jours de septembre par une lettre anonyme, arrivée à bord dans des conditions inexpli-

20

cables. D'ailleurs, il comptait bien recevoir ici quelque nouvelle communication qui lui indiquerait ce que son mystérieux correspondant attendait de la
corvette dans les eaux de la mer Carpathienne.

Mais, ce qui n'était pas moins étrange, c'était cette disparition subite du
brick au delà du canal de Casos, lorsque la *Syphanta* se croyait sur le point
de l'atteindre.

Aussi, avant de venir relâcher à Arkassa, Henry d'Albaret n'avait-il pas cru
devoir abandonner la partie. Après s'être approché de terre, autant que le
permettait son tirant d'eau, il s'était imposé la tâche d'observer toutes les
anfractuosités de la côte. Mais, au milieu de ce semis d'écueils qui la défen-
dent, sous l'abri des hautes falaises rocheuses qui la délimitent, un bâtiment tel que le brick pouvait facilement se dissimuler. Derrière cette barrière de brisants, que la *Syphanta* ne pouvait ranger de plus près, sans courir
le risque d'échouer, un capitaine, connaissant ces canaux, avait pour lui
toute chance de dépister ceux qui le poursuivaient. Si donc le brick s'était
réfugié dans quelque secrète crique, il serait très difficile de le retrouver,
non plus que les autres bâtiments pirates, auxquels l'île donnait asile sur
des mouillages inconnus.

Les recherches de la corvette durèrent deux jours et furent vaines. Le
brick se serait soudainement abîmé sous les eaux, au delà de Casos qu'il
n'eût pas été plus invisible. Quelque dépit qu'il en ressentît, le commandant
d'Albaret dut renoncer à tout espoir de le découvrir. Il s'était donc décidé à
venir mouiller dans le port d'Arkassa. Là, il n'avait plus qu'à attendre.

Le lendemain, entre trois heures et cinq heures du soir, la petite ville
d'Arkassa allait être envahie par une grande partie de la population de l'île,
sans parler des étrangers, européens ou asiatiques, dont le concours ne pouvait faire défaut à cette occasion. C'était, en effet, jour de grand marché. De
misérables êtres, de tout âge et de toute condition, récemment faits prisonniers par les Turcs, devaient y être mis en vente.

A cette époque, il y avait, à Arkassa un bazar particulier, destiné à ce genre
d'opération, un « batistan, » tel qu'il s'en trouve en certaines villes des États
barbaresques. Ce batistan contenait alors une centaine de prisonniers, hommes,
femmes, enfants, solde des dernières razzias faites dans le Péloponnèse. Entassés pêle mêle au milieu d'une cour sans ombre, sous un soleil encore ardent,
leurs vêtements en lambeaux, leur attitude désolée, leur physionomie de désespérés, disaient tout ce qu'ils avaient souffert. A peine nourris et mal, à

peine abreuvés et d'une eau trouble, ces malheureux s'étaient réunis par familles jusqu'au moment où le caprice des acheteurs allait séparer les femmes des maris, les enfants de leurs père et mère. Ils eussent inspiré la plus profonde pitié à tous autres qu'à ces cruels « bachis », leurs gardiens, que nulle douleur ne savait plus émouvoir. Et ces tortures, qu'étaient-elles auprès de celles qui les attendaient dans les seize bagnes d'Alger, de Tunis, de Tripoli, où la mort faisait si rapidement des vides qu'il fallait les combler sans cesse ?

Cependant, toute espérance de redevenir libres n'était pas enlevée à ces captifs. Si les acheteurs faisaient une bonne affaire en les achetant, il n'en faisaient pas une moins bonne en les rendant à la liberté — pour un très haut prix, — surtout ceux dont la valeur se basait sur une certaine situation sociale en leur pays de naissance. Un grand nombre étaient ainsi arrachés à l'esclavage, soit par rédemption publique, lorsque c'était l'État qui les revendait avant leur départ, soit quand les propriétaires traitaient directement avec les familles, soit enfin lorsque les religieux de la Merci, riches des quêtes qu'ils avaient faites dans toute l'Europe, venaient les délivrer jusque dans les principaux centres de la Barbarie. Souvent aussi, des particuliers, animés du même esprit de charité, consacraient une partie de leur fortune à cette œuvre de bienfaisance. En ces derniers temps, même, des sommes considérables, dont la provenance était inconnue, avaient été employées à ces rachats, mais plus spécialement au profit des esclaves d'origine grecque, que les chances de la guerre avaient livrés depuis six ans aux courtiers de l'Afrique et de l'Asie Mineure.

Le marché d'Arkassa se faisait aux enchères publiques. Tous, étrangers et indigènes, y pouvaient prendre part ; mais, ce jour-là, comme les traitants ne venaient opérer que pour le compte des bagnes de la Barbarie, il n'y avait qu'un seul lot de captifs. Suivant que ce lot échoirait à tel ou tel courtier, il serait dirigé sur Alger, Tripoli ou Tunis.

Néanmoins, il existait deux catégories de prisonniers. Les uns venaient du Péloponnèse, — c'étaient les plus nombreux. Les autres avaient été récemment pris à bord d'un navire grec, qui les ramenait de Tunis à Scarpanto, d'où ils devaient être rapatriés en leur pays d'origine.

Ces pauvres gens, destinés à tant de misères, ce serait la dernière enchère qui déciderait de leur sort, et l'on pouvait surenchérir tant que cinq heures n'étaient pas sonnées. Le coup de canon de la citadelle d'Arkassa, en assurant la fermeture du port, arrêtait en même temps les dernières mises à prix du marché.

Donc, ce 3 septembre, les courtiers ne manquaient point autour du batistan. Il y avait de nombreux agents venus de Smyrne et autres points voisins de l'Asie Mineure, qui, ainsi qu'il a été dit, agissaient tous pour le compte des États barbaresques.

Cet empressement n'était que trop explicable. En effet, les derniers événements faisaient pressentir une prochaine fin de la guerre de l'Indépendance. Ibrahim était refoulé dans le Péloponnèse, tandis que le maréchal Maison venait de débarquer en Morée avec un corps expéditionnaire de deux mille Français. L'exportation des prisonniers allait donc être notablement réduite à l'avenir. Aussi leur valeur vénale devait-elle s'accroître d'autant plus, à l'extrême satisfaction du cadi.

Pendant la matinée, les courtiers avaient visité le batistan, et ils savaient à quoi s'en tenir sur la quantité ou la qualité des captifs, dont le lot atteindrait sans doute de très hauts prix.

« Par Mahomet! répétait un agent de Smyrne, qui pérorait au milieu d'un groupe de ses confrères, l'époque des belles affaires est passé! Vous souvenez-vous du temps où les navires nous amenaient ici les prisonniers par milliers et non par centaines!

— Oui!... comme cela s'est fait après les massacres de Scio! répondit un autre courtier. D'un seul coup, plus de quarante mille esclaves! Les pontons ne pouvaient suffire à les renfermer!

— Sans doute, reprit un troisième agent, qui paraissait avoir un grand sens du commerce. Mais trop de captifs, trop d'offres, et trop d'offres, trop de baisse dans les prix! Mieux vaut transporter peu à des conditions plus avantageuses, car les prélèvements sont toujours les mêmes, quoique les frais soient plus considérables!

— Oui!... en Barbarie surtout!... Douze pour cent du produit total au profit du pacha, du cadi ou du gouverneur!

— Sans compter un pour cent pour l'entretien du môle et des batteries des côtes!

— Et encore un pour cent, qui va de notre poche dans celle des marabouts!

— En vérité, c'est ruineux, aussi bien pour les armateurs que pour les courtiers! »

Ces propos s'échangeaient ainsi entre ces agents, qui n'avaient pas même conscience de l'infamie de leur commerce. Toujours les mêmes plaintes sur les mêmes questions de droits! Et ils auraient sans doute continué à se répandre en récriminations, si la cloche n'y eût mis fin, en annonçant l'ouverture du marché.

Il va sans dire que le cadi présidait à cette vente. Son devoir de représentant du gouvernement turc l'y obligeait, non moins que son intérêt personnel. Il était là, trônant sur une sorte d'estrade, abrité sous une tente que dominait le croissant du pavillon rouge, à demi couché sur de larges coussins avec une nonchalance tout ottomane.

Près de lui, le crieur public se disposait à faire son office. Mais il ne faudrait pas croire que ce crieur eût là l'occasion de s'époumonner. Non! Dans ce genre d'affaires, les courtiers prenaient leur temps pour surenchérir. S'il devait y avoir quelque lutte un peu vive pour l'adjudication définitive, ce ne serait vraisemblablement que pendant le dernier quart d'heure de la séance.

La première enchère fut mise à mille livres turques par un des courtiers de Smyrne.

« A mille livres turques! » répéta le crieur.

Puis, il ferma les yeux, comme s'il avait tout le loisir de sommeiller, en attendant une surenchère.

Pendant la première heure, les mises à prix ne montèrent que de mille à deux mille livres turques, soit environ quarante-sept mille francs en monnaie française. Les courtiers se regardaient, s'observaient, causaient entre eux de tout autre chose. Leur siège était fait d'avance. Ils ne hasarderaient le maximum de leurs offres que pendant les dernières minutes qui précéderaient le coup de canon de fermeture.

Mais l'arrivée d'un nouveau concurrent allait modifier ces dispositions et donner un élan inattendu aux surenchères.

Vers quatre heures, en effet, deux hommes venaient de paraître sur le marché d'Arkassa. D'où venaient-ils? De la partie orientale de l'île, sans doute, à en juger d'après la direction suivie par l'araba, qui les avait déposés à la porte même du batistan.

Leur apparition causa un vif mouvement de surprise et d'inquiétude. Évidemment, les courtiers ne s'attendaient pas à voir apparaître un personnage avec lequel il faudrait compter.

« Par Allah! s'écria l'un d'eux, c'est Nicolas Starkos en personne!

— Et son damné Skopélo! répondit un autre. Nous qui les croyions au diable! »

C'étaient ces deux hommes, bien connus sur le marché d'Arkassa. Plus d'une fois, déjà, ils y avaient fait d'énormes affaires en achetant des prisonniers pour le compte des traitants de l'Afrique. L'argent ne leur manquait pas, quoiqu'on ne sût pas trop d'où ils le tiraient, mais cela les regardait. Et le cadi, en ce qui le concernait, ne put que s'applaudir de voir arriver de si redoutables concurrents.

Un seul coup d'œil avait suffi à Skopélo, grand connaisseur en cette matière, pour estimer la valeur du lot des captifs. Aussi se contenta-t-il de dire quelques mots à l'oreille de Nicolas Starkos, qui lui répondit affirmativement d'une simple inclinaison de tête.

Mais, si observateur que fût le second de la *Karysta*, il n'avait pas vu le mouvement d'horreur que l'arrivée de Nicolas Starkos venait de provoquer chez l'une des prisonnières.

C'était une femme âgée, de grande taille. Assise à l'écart dans un coin du batistan, elle se leva, comme si quelque irrésistible force l'eût poussée. Elle fit même deux ou trois pas, et un cri allait, sans doute, s'échapper de sa bouche... Elle eut assez d'énergie pour se contenir. Puis, reculant avec lenteur, enveloppée de la tête aux pieds dans les plis d'un misérable manteau, elle revint prendre sa place derrière un groupe de captifs, de manière à se dissimuler complètement. Il ne lui suffisait évidemment pas de se cacher la figure : elle voulait encore soustraire toute sa personne aux regards de Nicolas Starkos.

Cependant les courtiers, sans lui adresser la parole, ne cessaient de regarder le capitaine de la *Karysta*. Celui-ci ne semblait même pas faire attention à eux. Venait-il donc pour leur disputer ce lot de prisonniers? Ils devaient le craindre, étant donné les rapports que Nicolas Starkos avait avec les pachas et les beys des États barbaresques.

On ne fut pas longtemps sans être fixé à cet égard. En ce moment, le crieur s'était relevé pour répéter à voix haute le montant de la dernière enchère :

« A deux mille livres!

— Deux mille cinq cents, dit Skopélo, qui se faisait, en ces occasions, le porte-parole de son capitaine.

— Deux mille cinq cents livres! » annonça le crieur.

Et les conversations particulières reprirent dans les divers groupes, qui s'observaient non sans défiance.

Un quart d'heure s'écoula. Aucune autre surenchère n'avait été mise après Skopélo. Nicolas Starkos, indifférent et hautain, se promenait autour du batistan. Personne ne pouvait douter que, finalement, l'adjudication ne fût faite à son profit, même sans grand débat.

Cependant, le courtier de Smyrne, après avoir préalablement consulté deux ou trois de ses collègues, lança une nouvelle enchère de deux mille sept cents livres.

« Deux mille sept cents livres, répéta le crieur.

— Trois mille! »

C'était Nicolas Starkos, qui avait parlé, cette fois.

Que s'était-il donc passé? Pourquoi intervenait-il personnellement dans la lutte? D'où venait que sa voix, si froide d'habitude, marquait une violente émotion qui surprit Skopélo lui-même? On va le savoir.

Depuis quelques instants, Nicolas Starkos, après avoir franchi la barrière du batistan, se promenait au milieu des groupes de captifs. La vieille femme, en le voyant s'approcher, s'était plus étroitement encore cachée sous son manteau. Il n'avait donc pas pu la voir.

Mais, soudain, son attention venait d'être attirée par deux prisonniers qui formaient un groupe à part. Il s'était arrêté, comme si ses pieds eussent été cloués au sol.

Là, près d'un homme de haute stature, une jeune fille, épuisée de fatigue, gisait à terre.

En apercevant Nicolas Starkos, l'homme se redressa brusquement. Aussitôt la jeune fille rouvrit les yeux. Mais, dès qu'elle aperçut le capitaine de la *Karysta*, elle se rejeta en arrière.

« Hadjine! » s'écria Nicolas Starkos.

C'était Hadjine Elizundo, que Xaris venait de saisir dans ses bras, comme pour la défendre.

« Elle! » répéta Nicolas Starkos.

Hadjine s'était dégagée de l'étreinte de Xaris et regardait en face l'ancien client de son père.

Ce fut à ce moment que Nicolas Starkos, sans même chercher à savoir comment il pouvait se faire que l'héritière du banquier Elizundo fût ainsi exposée

« Trois mille livres ! » avait répété le crieur. (Page 160.)

sur le marché d'Arkassa, jeta d'une voix troublée cette nouvelle enchère de trois mille livres.

« Trois mille livres ! » avait répété le crieur.

Il était alors un peu plus de quatre heures et demie. Encore vingt-cinq minutes, le coup de canon se ferait entendre, et l'adjudication serait prononcée au profit du dernier enchérisseur.

Mais déjà les courtiers, après avoir conféré ensemble, se disposaient à quitter la place, bien décidés à ne pas pousser plus loin leurs prix. Il semblait donc certain que le capitaine de la *Karysta*, faute de concurrents, allait rester maître du

« Viens! » dit Starkos d'une voix sourde. (Page 164.)

terrain, lorsque l'agent de Smyrne voulut tenter, une dernière fois, de soutenir la lutte.

« Trois mille cinq cents livres! cria-t-il.

— Quatre mille! » répondit aussitôt Nicolas Starkos.

Skopélo, qui n'avait pas aperçu Hadjine, ne comprenait rien à cette ardeur
immodérée du capitaine. A son compte, la valeur du lot était déjà dépassée,
et de beaucoup, par ce prix de quatre mille livres. Aussi se demandait-il ce
qui pouvait exciter Nicolas Starkos à se lancer de la sorte dans une mauvaise
affaire.

Cependant un long silence avait suivi les derniers mots du crieur. Le courtier de Smyrne lui-même, sur un signe de ses collègues, venait d'abandonner la partie. Qu'elle fût définitivement gagnée par Nicolas Starkos, auquel il ne s'en fallait que de quelques minutes pour avoir gain de cause, cela ne pouvait plus faire de doute.

Xaris l'avait compris. Aussi serrait-il plus étroitement la jeune fille entre ses bras. On ne la lui arracherait qu'après l'avoir tué !

En ce moment, au milieu du profond silence, une voix vibrante se fit entendre, et ces trois mots furent jetés au crieur :

« Cinq mille livres ! »

Nicolas Starkos se retourna.

Un groupe de marins venait d'arriver à l'entrée du batistan. Devant eux se tenait un officier.

« Henry d'Albaret ! s'écria Nicolas Starkos. Henry d'Albaret... ici... à Scarpanto ! »

C'était le hasard seul qui venait d'amener le commandant de la *Syphanta* sur la place du marché. Il ignorait même que, ce jour-là, — c'est à dire vingt-quatre heures après son arrivée à Scarpanto, — il y eût une vente d'esclaves dans la capitale de l'île. D'autre part, puisqu'il n'avait point aperçu la sacolève au mouillage, il devait être non moins étonné de trouver Nicolas Starkos à Arkassa que celui-ci l'était de l'y voir.

De son côté, Nicolas Starkos ignorait que la corvette fût commandée par Henry d'Albaret, bien qu'il sût qu'elle avait relâché à Arkassa.

Que l'on juge donc des sentiments qui s'emparèrent de ces deux ennemis, lorsqu'ils se virent en face l'un de l'autre.

Et, si Henry d'Albaret avait jeté cette enchère inattendue, c'est que, parmi les prisonniers du batistan, il venait d'apercevoir Hadjine et Xaris, — Hadjine qui allait retomber au pouvoir de Nicolas Starkos ! Mais Hadjine l'avait entendu, elle l'avait vu, elle se fût précipitée vers lui, si les gardiens ne l'en eussent empêchée.

D'un geste, Henry d'Albaret rassura et contint la jeune fille. Quelle que fût son indignation, lorsqu'il se vit en présence de son odieux rival, il resta maître de lui-même. Oui ! fût-ce au prix de toute sa fortune, s'il le fallait, il saurait arracher à Nicolas Starkos les prisonniers entassés sur le marché d'Arkassa, et avec eux, celle qu'il avait tant cherchée, celle qu'il n'espérait plus revoir !

En tout cas, la lutte serait ardente. En effet, si Nicolas Starkos ne pouvait comprendre comment Hadjine Elizundo se trouvait parmi ces captifs, pour lui, elle n'en était pas moins la riche héritière du banquier de Corfou. Ses millions ne pouvaient avoir disparu avec elle. Ils seraient toujours là pour la racheter à celui dont elle deviendrait l'esclave. Donc, aucun risque à surenchérir. Aussi Nicolas Starkos résolut-il de le faire avec d'autant plus de passion, d'ailleurs, qu'il s'agissait de lutter contre son rival, et son rival préféré !

« Six mille livres ! cria-t-il.

— Sept mille ! » répondit le commandant de la *Syphanta*, sans même se retourner vers Nicolas Starkos.

Le cadi ne pouvait que s'applaudir de la tournure que prenaient les choses. En présence de ces deux concurrents, il ne cherchait point à dissimuler la satisfaction qui perçait sous sa gravité ottomane.

Mais, si ce cupide magistrat supputait déjà ce que seraient ses prélèvements, Skopélo, lui, commençait à ne plus pouvoir se maîtriser. Il avait reconnu Henry d'Albaret, puis Hadjine Elizundo. Si, par haine, Nicolas Starkos s'entêtait, l'affaire, qui eût été bonne dans une certaine mesure, deviendrait très mauvaise, surtout si la jeune fille avait perdu sa fortune, comme elle avait perdu sa liberté, — ce qui était possible, d'ailleurs !

Aussi, prenant Nicolas Starkos à part, essaya-t-il de lui soumettre humblement quelques sages observations. Mais il fut reçu de telle manière qu'il n'osa plus en hasarder de nouvelles. C'était le capitaine de la *Karysta*, maintenant, qui jetait lui-même ses enchères au crieur, et d'une voix insultante pour son rival.

Comme on le pense bien, les courtiers, sentant que la bataille devenait chaude, étaient restés pour en suivre les diverses péripéties. La foule des curieux, devant cette lutte à coups de milliers de livres, manifestait l'intérêt qu'elle y prenait par de bruyantes clameurs. Si, pour la plupart, ils connaissaient le capitaine de la sacolève, aucun d'eux ne connaissait le commandant de la *Syphanta*. On ignorait même ce qu'était venue faire cette corvette, naviguant sous pavillon corfiote, dans les parages de Scarpanto. Mais, depuis le début de la guerre, tant de navires de toutes nations s'étaient employés au transport des esclaves, que tout portait à croire que la *Syphanta* servait à ce genre de commerce. Donc, que les prisonniers fussent achetés par Henry d'Albaret ou par Nicolas Starkos, pour eux ce serait toujours l'esclavage.

En tout cas, avant cinq minutes, cette question allait être absolument décidée.

A la dernière enchère proclamée par le crieur, Nicolas Starkos avait répondu par ces mots :

« Huit mille livres!

— Neuf mille! » dit Henry d'Albaret.

Nouveau silence. Le commandant de la *Syphanta*, toujours maître de lui, suivait du regard Nicolas Starkos, qui allait et venait rageusement, sans que Skopélo osât l'aborder. Aucune considération, d'ailleurs, n'aurait pu enrayer maintenant la furie des enchères.

« Dix mille livres! cria Nicolas Starkos.

— Onze mille! répondit Henry d'Albaret.

— Douze mille! » répliqua Nicolas Starkos, sans attendre, cette fois.

Le commandant d'Albaret n'avait point immédiatement répondu. Non qu'il hésitât à le faire. Mais il venait de voir Skopélo se précipiter vers Nicolas Starkos pour l'arrêter dans son œuvre de folie, — ce qui, pour un moment, détourna l'attention du capitaine de la *Karysta*.

En même temps, la vieille prisonnière, qui s'était si obstinément cachée jusqu'alors, venait de se redresser, comme si elle avait eu la pensée de montrer son visage à Nicolas Starkos...

A ce moment, au sommet de la citadelle d'Arkassa, une rapide flamme brilla dans une volute de vapeurs blanches; mais, avant que la détonation ne fût arrivée jusqu'au batistan, une nouvelle enchère avait été jetée d'une voix retentissante :

« Treize mille livres! »

Puis, la détonation se fit entendre, à laquelle succédèrent d'interminables hurrahs.

Nicolas Starkos avait repoussé Skopélo avec une violence qui le fit rouler sur le sol... Maintenant il était trop tard! Nicolas Starkos n'avait plus le droit de surenchérir! Hadjine Elizundo venait de lui échapper, et pour jamais, sans doute!

« Viens! » dit-il d'une voix sourde à Skopélo.

Et on eût pu l'entendre murmurer ces mots :

« Ce sera plus sûr et ce sera moins cher! »

Tous deux montèrent alors dans leur araba et disparurent au tournant de cette route qui se dirigeait vers l'intérieur de l'île.

Déjà Hadjine Elizundo, entraînée par Xaris, avait franchi les barrières du batistaū. Déjà elle était dans les bras d'Henry d'Albaret, qui lui disait en la pressant sur son cœur :

« Hadjine !... Hadjine !... Toute ma fortune, je l'aurais sacrifiée pour vous racheter....

— Comme j'ai sacrifié la mienne pour racheter l'honneur de mon nom! répondit la jeune fille. Oui, Henry!... Hadjine Elizundo est pauvre, mainte nant, et maintenant digne de vous! »

XIII

A BORD DE LA « SYPHANTA »!

Le lendemain, 3 septembre, la *Syphanta*, après avoir appareillé vers dix heures du matin, serrait le vent sous petite voilure pour sortir des passes du port de Scarpanto.

Les captifs, rachetés par Henry d'Albaret, s'étaient casés, les uns dans l'entrepont, les autres dans la batterie. Bien que la traversée de l'Archipel ne dût exiger que quelques jours, officiers et matelots avaient voulu que ces pauvres gens fussent installés aussi bien que possible.

Dès la veille, le commandant d'Albaret s'était mis en mesure de pouvoir reprendre la mer. Pour le règlement des treize mille livres, il avait donné des garanties dont le cadi s'était montré satisfait. L'embarquement des prisonniers s'était donc opéré sans difficultés, et, avant trois jours, ces malheureux, condamnés aux tortures des bagnes barbaresques, seraient débarqués en quelque port de la Grèce septentrionale, là où ils n'auraient plus rien à craindre pour leur liberté.

Mais cette délivrance, c'était bien à celui qui venait de les arracher aux mains de Nicolas Starkos qu'ils la devaient tout entière! Aussi, leur reconnaissance se manifesta-t-elle par un acte touchant, dès qu'ils eurent pris pied sur le pont de la corvette.

Parmi eux se trouvait un « pappa, » un vieux prêtre de Léondari. Suivi de ses compagnons d'infortune, il s'avança vers la dunette, sur laquelle Hadjine Elizundo et Henry d'Albaret se tenaient avec quelques uns des officiers. Puis, tous s'agenouillèrent, le vieillard à leur tête, et celui-ci, tendant ses mains vers le commandant :

« Henry d'Albaret, dit-il, soyez béni de tous ceux que vous avez rendus à la liberté !

— Mes amis, je n'ai fait que mon devoir ! répondit le commandant de la *Syphanta*, profondément ému.

— Oui !... béni de tous... de tous... et de moi, Henry ! » ajouta Hadjine en se courbant à son tour.

Henry d'Albaret l'avait vivement relevée, et alors les cris de vive Henry d'Albaret ! vive Hadjine Elizundo ! éclatèrent depuis la dunette jusqu'au gaillard d'avant, depuis les profondeurs de la batterie jusqu'aux basses vergues, sur lesquelles une cinquantaine de matelots s'étaient groupés, en poussant de vigoureux hurrahs.

Une seule prisonnière, — celle qui se cachait la veille dans le batistan, — n'avait point pris part à cette manifestation. En s'embarquant, toute sa préoccupation avait été de passer inaperçue au milieu des captifs. Elle y avait réussi, et personne même ne remarqua plus sa présence à bord, dès qu'elle se fut blottie dans le coin le plus obscur de l'entrepont. Évidemment, elle espérait pouvoir débarquer, sans avoir été vue. Mais pourquoi prenait-elle tant de précautions ? Etait-elle donc connue de quelque officier ou matelot de la corvette ? En tout cas, il fallait qu'elle eût de graves raisons pour vouloir garder cet incognito pendant les trois ou quatre jours que devait durer la traversée de l'Archipel.

Cependant, si Henry d'Albaret méritait la reconnaissance des passagers de la corvette, que méritait donc Hadjine pour ce qu'elle avait fait depuis son départ de Corfou ?

« Henry, avait-elle dit la veille, Hadjine Elizundo est pauvre, maintenant, et maintenant digne de vous ! »

Pauvre, elle l'était en effet ! Digne du jeune officier ?... On va pouvoir en juger.

Et si Henry d'Albaret aimait Hadjine, lorsque de si graves événements les avaient séparés l'un de l'autre, combien cet amour dut grandir encore, quand il connut ce qu'avait été toute la vie de la jeune fille pendant cette longue année de séparation!

Cette fortune que lui avait laissée son père, dès qu'elle sut d'où elle provenait, Hadjine Elizundo prit la résolution de la consacrer entièrement au rachat de ces prisonniers, dont le trafic en constituait la plus grande part. De ces vingt millions, odieusement acquis, elle ne voulut rien garder. Ce projet, elle ne le fit connaître qu'à Xaris. Xaris l'approuva, et toutes les valeurs de la maison de banque furent rapidement réalisées.

Henry d'Albaret reçut la lettre par laquelle la jeune fille lui demandait pardon et lui disait adieu. Puis, en compagnie de son brave et dévoué Xaris, Hadjine quitta secrètement Corfou pour se rendre dans le Péloponnèse.

A cette époque, les soldats d'Ibrahim faisaient encore une guerre féroce aux populations du centre de la Morée, tant éprouvées déjà et depuis si longtemps. Les malheureux qu'on ne massacrait pas étaient envoyés dans les principaux ports de la Messénie, à Patras ou à Navarin. De là, des navires, les uns frétés par le gouvernement turc, les autres fournis par les pirates de l'Archipel, les transportaient par milliers soit à Scarpanto, soit à Smyrne, où les marchés d'esclaves se tenaient en permanence.

Pendant les deux mois qui suivirent leur disparition, Hadjine Elizundo et Xaris, ne reculant jamais devant aucun prix, parvinrent à racheter plusieurs centaines de prisonniers, de ceux qui n'avaient pas encore quitté la côte messénienne. Puis, ils employèrent tous leurs soins à les mettre en sûreté, les uns dans les îles Ioniennes, les autres dans les portions libres de la Grèce du Nord.

Cela fait, tous deux se rendirent en Asie Mineure, à Smyrne, où le commerce des esclaves se faisait sur une échelle considérable. Là, par convois nombreux, arrivaient des quantités de ces prisonniers grecs, dont Hadjine Elizundo voulait surtout obtenir la délivrance. Telles furent alors ses offres, — si supérieures à celles des courtiers de la Barbarie ou du littoral asiatique, — que les autorités ottomanes trouvèrent grand profit à traiter et traitèrent avec elle. Que sa généreuse passion fût exploitée par ces agents, on le croira sans peine; mais, là, plusieurs milliers de captifs lui durent d'échapper aux bagnes des beys africains.

Cependant, il y avait plus à faire encore, et c'est à ce moment que la pen-

Les uns dans l'entrepont, les autres dans la batterie. (Page 165.)

sée vint à Hadjine de marcher par deux voies différentes au but qu'elle voulait atteindre.

En effet, il ne suffisait pas de racheter les captifs mis en vente sur les marchés publics, ou d'aller délivrer à prix d'or les esclaves au milieu de leurs bagnes. Il fallait aussi anéantir ces pirates qui capturaient les navires dans tous les parages de l'Archipel.

Or, Hadjine Elizundo se trouvait à Smyrne, quand elle apprit ce qu'était devenue la *Syphanta*, après les premiers mois de sa croisière. Elle n'ignorait pas que c'était au compte d'armateurs corfiotes qu'avait été armée cette

C'étaient de toutes parts des marques de reconnaissance. (Page 172.)

corvette et pour quelle destination. Elle savait que le début de la campagne
avait été heureux ; mais, à cette époque, la nouvelle arriva que la *Syphanta*
venait de perdre son commandant, plusieurs officiers et une partie de son équipage dans un combat contre une flottille de pirates, commandée, disait-on,
par Sacratif en personne.

    Hadjine Elizundo se mit aussitôt en rapport avec l'agent qui représen-
tait, à Corfou, les intérêts des armateurs de la *Syphanta*. Elle leur en fit offrir un
tel prix que ceux-ci se décidèrent à la vendre. La corvette fut donc achetée sous le nom d'un banquier de Raguse, mais elle appartenait bien à l'héri-

tière d'Elizundo, qui ne faisait qu'imiter les Bobolina, les Modéna, les Zacharias et autres vaillantes patriotes, dont les navires, armés à leurs frais au début de la guerre de l'Indépendance, firent tant de mal aux escadres de la marine ottomane.

Mais, en agissant ainsi, Hadjine avait eu la pensée d'offrir le commandement de la *Syphanta* au capitaine Henry d'Albaret. Un homme à elle, un neveu de Xaris, marin d'origine grecque comme son oncle, avait secrètement suivi le jeune officier, aussi bien à Corfou, quand il fit tant d'inutiles recherches pour retrouver la jeune fille, qu'à Scio, lorsqu'il alla y rejoindre le colonel Fabvier.

Par ses ordres, cet homme s'embarqua comme matelot sur la corvette, au moment où elle reformait son équipage, après le combat de Lemnos. Ce fut lui qui fit parvenir à Henry d'Albaret les deux lettres écrites de la main de Xaris : la première, à Scio, où on lui marquait qu'il y avait une place à prendre dans l'état-major de la *Syphanta ;* la seconde, qu'il déposa sur la table du carré, alors qu'il était de faction, et par laquelle rendez-vous était donné à la corvette pour les premiers jours de septembre sur les parages de Scarpanto.

C'était là, en effet, qu'Hadjine Elizundo comptait se trouver à cette époque, après avoir terminé sa campagne de dévouement et de charité. Elle voulait que la *Syphanta* servît à rapatrier le dernier convoi de prisonniers, rachetés avec les restes de sa fortune.

Mais, pendant les six mois qui allaient suivre, que de fatigues à supporter, que de dangers à courir !

Ce fut au centre même de la Barbarie, dans ces ports infestés de pirates, sur ce littoral africain, dont les pires bandits furent les maîtres jusqu'à la conquête d'Alger, que la courageuse jeune fille, accompagnée de Xaris, n'hésita pas à se rendre pour accomplir sa mission. A cela, elle risquait sa liberté, elle risquait sa vie, elle bravait tous les dangers auxquels l'exposaient sa beauté et sa jeunesse.

Rien ne l'arrêta. Elle partit.

On la vit alors, comme une religieuse de la Merci, paraître à Tripoli, à Alger, à Tunis, et jusque sur les plus infimes marchés de la côte barbaresque. Partout où des prisonniers grecs avaient été vendus, elle les rachetait avec grand bénéfice pour leurs maîtres. Partout où des traitants mettaient à l'encan ces troupeaux d'êtres humains, elle se présentait, l'argent à la main. C'est alors qu'elle put observer dans toute son horreurs le spectacle de ces misères de l'esclavage, en un pays où les passions ne sont retenues par aucun frein.

Alger était encore à la discrétion d'une milice, composée de musulmans et de renégats, rebut des trois continents qui forment le littoral de la Méditerranée, ne vivant que de la vente des prisonniers faits par les pirates et de leur rachat par les chrétiens. Au dix-septième siècle, la terre africaine comptait déjà près de quarante mille esclaves des deux sexes, enlevés à la France, à l'Italie, à l'Angleterre, à l'Allemagne, à la Flandre, à la Hollande, à la Grèce, à la Hongrie, à la Russie, à la Pologne, à l'Espagne, dans toutes les mers de l'Europe.

A Alger, au fond des bagnes du Pacha, d'Ali-Mami, des Kouloughis et de Sidi-Hassan, à Tunis, dans ceux de Youssif-Dey, de Galere-Patrone et de Cicala, dans celui de Tripoli, Hadjine Elizundo rechercha plus particulièrement ceux dont la guerre hellénique avait fait des esclaves. Comme si elle eût été protégée par quelque talisman, elle passa au milieu de tous ces dangers, soulageant toutes ces misères. A ces mille périls que la nature des choses créait autour d'elle, elle échappa comme par miracle! Pendant six mois, à bord des légers bâtiments caboteurs de la côte, elle visita les points les plus reculés du littoral — depuis la régence de Tripoli, jusqu'aux dernières limites du Maroc, — jusqu'à Tétuan, qui fut autrefois une république de pirates, régulièrement organisée, — jusqu'à Tanger, dont la baie servait de lieu d'hivernage à ces forbans, — jusqu'à Salé, sur la côte occidentale de l'Afrique, où les malheureux captifs vivaient dans des caveaux creusés à douze ou quinze pieds sous terre.

Enfin, sa mission terminée, n'ayant plus rien des millions laissés par son père, Hadjine Elizundo songea à revenir en Europe avec Xaris. Elle s'embarqua à bord d'un navire grec, sur lequel prirent passage les derniers prisonniers, rachetés par elle, et qui fit voile pour Scarpanto. C'était là qu'elle comptait retrouver Henry d'Albaret. C'était de là qu'elle avait résolu de revenir en Grèce sur la *Syphanta*. Mais, trois jours après avoir quitté Tunis, le navire qui la portait fut capturé par un bâtiment turc, et elle était conduite à Arkassa pour y être vendue comme esclave avec ceux qu'elle venait de délivrer!...

En somme, de cette œuvre entreprise par Hadjine Elizundo, le résultat avait été celui-ci : plusieurs milliers de prisonniers, rachetés avec l'argent même qui avait été gagné à les vendre. La jeune fille, maintenant ruinée, venait de réparer, dans la mesure de ce qui était possible, tout le mal fait par son père.

Voilà ce qu'apprit Henry d'Albaret. Oui! Hadjine, pauvre, était maintenant digne de lui, et, pour l'arracher aux mains de Nicolas Starkos, il se fût fait aussi pauvre qu'elle!

Cependant, dès le lendemain, la *Syphanta* avait eu connaissance de la terre de Crète au lever du jour. Elle manœuvra alors de manière à s'élever vers le nord-ouest de l'Archipel. L'intention du commandant d'Albaret était de rallier la côte orientale de la Grèce à la hauteur de l'île d'Eubée. Là, soit à Négrepont, soit à Égine, les prisonniers pourraient débarquer en lieu sûr, à l'abri des Turcs, maintenant refoulés au fond du Péloponnèse. Du reste, à cette date, il n'y avait plus un seul des soldats d'Ibrahim dans la péninsule hellénique.

Tous ces pauvres gens, on ne peut mieux traités à bord de la *Syphanta*, se remettaient déjà des effroyables souffrances qu'ils avaient endurées. Pendant le jour, on les voyait groupés sur le pont, où ils respiraient cette saine brise de l'Archipel, les enfants, les mères, les époux que menaçait une éternelle séparation, désormais réunis pour ne plus se quitter. Ils savaient, aussi, tout ce qu'avait fait Hadjine Elizundo, et, quand elle passait, appuyée au bras d'Henry d'Albaret, c'étaient de toutes parts des marques de reconnaissance, témoignées par les actes les plus touchants.

Vers les premières heures du matin, le 4 septembre, la *Syphanta* perdit de vue les sommets de la Crète; mais, la brise ayant commencé à mollir, elle ne gagna que très peu dans cette journée, bien qu'elle portât toute sa voilure. En somme, vingt-quatre heures, quarante-huit heures de plus, ce ne serait jamais un retard dont il fallût se préoccuper. La mer était belle, le ciel superbe. Rien n'indiquait une prochaine modification du temps. Il n'y avait qu'à « laisser courir, » comme disent les marins, et la course se terminerait quand il plairait à Dieu.

Cette paisible navigation ne pouvait être que très favorable aux causeries du bord. Peu de manœuvres à faire, d'ailleurs. Une simple surveillance des officiers de quart et des gabiers de l'avant, pour signaler les terres en vue ou les navires au large.

Hadjine et Henry d'Albaret allaient alors s'asseoir à l'arrière sur un banc de la dunette qui leur était réservé. Là, le plus souvent, ils parlaient non plus du passé, mais de cet avenir, dont ils se sentaient maîtres maintenant. Ils faisaient des projets d'une réalisation prochaine, sans oublier de les soumettre au brave Xaris, qui était bien de la famille. Le mariage devait être célébré aussitôt leur arrivée sur la terre de Grèce. Cela était convenu. Les affaires d'Hadjine Elizundo n'entraîneraient plus ni difficultés ni retards. Une année, employée à sa charitable mission, avait simplifié tout cela! Puis, le mariage fait, Henry d'Albaret céderait au capitaine Todros le commandement de la corvette, et il conduirait sa jeune femme en France, d'où il comptait la ramener ensuite sur sa terre natale.

Or, précisément, ce soir-là, ils s'entretenaient de toutes ces choses. A peine le léger souffle de la brise suffisait-il à gonfler les hautes voiles de la *Syphanta*. Un merveilleux coucher de soleil venait d'illuminer l'horizon, dont quelques traits d'or vert surmontaient encore le périmètre légèrement embrumé dans l'ouest. A l'opposé scintillaient les premières étoiles du levant. La mer tremblotait sous l'ondulation de ses paillettes phosphorescentes. La nuit promettait d'être magnifique.

Henry d'Albaret et Hadjine se laissaient aller au charme de cette soirée délicieuse. Ils regardaient le sillage, à peine dessiné par quelques blanches guipures que la corvette laissait à l'arrière. Le silence n'était troublé que par les battements de la brigantine, dont les plis bruissaient doucement. Ni lui ni elle ne voyaient plus rien de ce qui n'était pas eux-mêmes, et en eux. Et, s'ils furent enfin rappelés au sentiment du réel, c'est qu'Henry d'Albaret s'entendit appeler avec une certaine insistance.

Xaris était devant lui.

« Mon commandant?... dit Xaris pour la troisième fois.

— Que voulez-vous, mon ami? répondit Henry d'Albaret, auquel il sembla que Xaris hésitait à parler.

— Que veux-tu, mon bon Xaris? demanda Hadjine.

— J'ai une chose à vous dire, mon commandant.

— Laquelle?

— Voici de quoi il s'agit. Les passagers de la corvette... ces braves gens que vous ramenez dans leur pays... ont eu une idée, et ils m'ont chargé de vous la communiquer.

— Eh bien, je vous écoute, Xaris.

— Voilà, mon commandant. Ils savent que vous devez vous marier avec Hadjine...

— Sans doute, répondit Henry d'Albaret en souriant. Cela n'est un mystère pour personne!

— Eh bien, ces braves gens seraient très heureux d'être les témoins de votre mariage!

— Et ils le seront, Xaris, ils le seront, et jamais fiancée n'aurait un pareil cortège, si l'on pouvait réunir autour d'elle tous ceux qu'elle a arrachés à l'esclavage!

— Henry!... dit la jeune fille en voulant l'interrompre.

— Mon commandant a raison, répondit Xaris. En tout cas, les passagers de la corvette seront là, et...

— A notre arrivée sur la terre de Grèce, reprit Henry d'Albaret, je les convierai tous à la cérémonie de notre mariage!

— Bien, mon commandant, répondit Xaris. Mais, après avoir eu cette idée-là, ces braves gens en ont eu une seconde!

— Aussi bonne?

— Meilleure. C'est de vous demander que le mariage se fasse à bord de la *Syphanta!* N'est-ce pas comme un morceau de leur pays, cette brave corvette qui les ramène en Grèce?

— Soit, Xaris, répondit Henry d'Albaret. — Vous y consentez, ma chère Hadjine? »

Hadjine, pour toute réponse, lui tendit la main.

« Bien répondu, dit Xaris.

— Vous pouvez annoncer aux passagers de la *Syphanta*, ajouta Henry d'Albaret, qu'ils sera fait comme il le désirent.

— C'est entendu, mon commandant. Mais... ajouta Xaris, en hésitant un peu, c'est que ce n'est pas tout!

— Parle donc, Xaris, dit la jeune fille.

— Voici. Ces braves gens, après avoir eu une idée bonne, puis une meilleure, en ont eu une troisième qu'ils regardent comme excellente!

— Vraiment, une troisième! répondit Henry d'Albaret. Et quelle est cette troisième idée?

— C'est que non seulement le mariage soit célébré à bord de la corvette, mais aussi qu'il se fasse en pleine mer... dès demain! Il y a parmi eux un vieux prêtre... »

Soudain, Xaris fut interrompu par la voix du gabier qui était en vigie dans les barres de misaine :

« Navires au vent! »

Aussitôt Henry d'Albaret se leva et rejoignit le capitaine Todros, qui regardait déjà dans la direction indiquée.

Une flottille, composée d'une douzaine de bâtiments de divers tonnages, se montrait à moins de six milles dans l'est. Mais, si la *Syphanta*, encalminée alors, était absolument immobile, cette flottille, poussée par les derniers souffles d'une brise qui n'arrivait pas jusqu'à la corvette, devait nécessairement finir par l'atteindre.

Henry d'Albaret avait pris une longue-vue, et il observait attentivement la marche de ces navires.

« Capitaine Todros, dit-il en se retournant vers le second, cette flottille est encore trop éloignée pour qu'il soit possible de reconnaître ses intentions ni quelle est sa force.

— En effet, mon commandant, répondit le second, et, avec cette nuit sans lune qui va devenir très obscure, nous ne pourrons nous prononcer! Il faut donc attendre à demain.

— Oui, il le faut, dit Henry d'Albaret, mais comme ces parages ne sont pas sûrs, donnez l'ordre de veiller avec le plus grand soin. Que l'on prenne aussi toutes les précautions indispensables pour le cas où ces navires se rapprocheraient de la *Syphanta*. »

Le capitaine Todros prit des mesures en conséquence, mesures qui furent aussitôt exécutées. Une active surveillance fut établie à bord de la corvette et devait être continuée jusqu'au jour.

Il va sans dire qu'en présence des éventualités qui pouvaient survenir, on remit à plus tard la décision relative à cette célébration du mariage, qui avait motivé la démarche de Xaris. Hadjine, sur la prière d'Henry d'Albaret, avait dû regagner sa cabine.

Pendant toute cette nuit, on dormit peu à bord. La présence de la flottille signalée au large était de nature à inquiéter. Tant que cela fut possible, on vait observé ses mouvements. Mais un brouillard assez épais se leva vers neuf heures, et l'on ne tarda pas à la perdre de vue.

Le lendemain, quelques vapeurs masquaient encore l'horizon dans l'est au lever du soleil. Comme le vent faisait absolument défaut, ces vapeurs ne se dissipèrent pas avant dix heures du matin. Cependant rien de suspect n'avait apparu à travers ces brumes. Mais, lorsqu'elles s'évanouirent, toute la flottille se montra à moins de quatre milles. Elle avait donc gagné deux milles,

Ils se laissaient aller au charme de cette soirée délicieuse. (Page 173.)

depuis la veille, dans la direction de la *Syphanta*, et, si elle ne s'était pas rapprochée davantage, c'est que le brouillard l'avait empêchée de manœuvrer. Il y avait là une douzaine de navires qui marchaient de conserve sous l'impulsion de leurs longs avirons de galère. La corvette, sur laquelle ces engins n'auraient eu aucune action, en raison de sa grandeur, restait toujours immobile à la même place. Elle était donc réduite à attendre, sans pouvoir faire un seul mouvement.

Et pourtant, il n'était pas possible de se méprendre aux intentions de cette flottille.

« Branle-bas de combat! » cria Henry d'Albaret. (Page 178.)

« Voilà un ramassis de navires singulièrement suspects! dit le capitaine Todros.

— D'autant plus suspects, répondit Henry d'Albaret, que je reconnais parmi eux le brick auquel nous avons donné inutilement la chasse dans les eaux de la Crète! »

Le commandant de la *Syphanta* ne se trompait pas. Le brick, qui avait si étrangement disparu au delà de la pointe de Scarpanto, était en tête. Il manœuvrait de manière à ne pas se séparer des autres bâtiments, placés sous ses ordres.

23

Cependant quelques souffles s'étaient levés dans l'est. Ils favorisaient encore la marche de la flottille ; mais ces risées, qui verdissaient légèrement la mer en courant à sa surface, venaient expirer à une ou deux encâblures de la corvette.

Soudain, Henry d'Albaret rejeta la longue-vue qui n'avait pas quitté ses yeux :

« Branle-bas de combat! » cria-t-il.

Il venait de voir un long jet de vapeur blanche fuser à l'avant du brick, pendant qu'un pavillon montait à sa corne, au moment où la détonation d'une bouche à feu arrivait à la corvette.

Ce pavillon était noir, et un S rouge-feu s'écartelait en travers de son étamine.

C'était le pavillon du pirate Sacratif.

XIV

SACRATIF.

Cette flottille, composée de douze bâtiments, était sortie la veille des repaires de Scarpanto. Soit en attaquant la corvette de front, soit en l'entourant, venait-elle donc lui offrir le combat dans des conditions très inégales pour elle ? Cela n'était que trop certain. Mais ce combat, faute de vent, il fallait bien l'accepter. D'ailleurs, eût-il eu la possibilité d'éviter la lutte, Henry d'Albaret s'y fût refusé. Le pavillon de la *Syphanta* ne pouvait, sans déshonneur, fuir devant le pavillon des pirates de l'Archipel.

Sur ces douze navires, on comptait quatre bricks, portant de seize à dixhuit canons. Les huit autres bâtiments, d'un tonnage inférieur, mais pourvus d'une artillerie légère, étaient de grandes saïques à deux mâts, des senaux à mâture droite, des felouques et des sacolèves armées en guerre. D'après ce qu'en pouvaient juger les officiers de la corvette, c'étaient plus de cent bouches à feu, auxquelles ils auraient à répondre avec vingt-deux canons et six caronades. C'étaient sept ou huit cents hommes que les deux cent cinquante matelots de leur équipage auraient à combattre. Lutte inégale, à coup sûr. Toutefois, la supériorité de l'artillerie de la *Syphanta* pouvait lui donner quelque chance de succès, mais à la condition qu'elle ne se laissât pas approcher de trop près. Il fallait donc tenir cette flottille à distance, en désemparant peu à peu ses navires par des bordées envoyées avec précision. En un mot, il s'agissait de tout faire pour éviter un abordage, c'est-à-dire un combat corps à corps. Dans ce dernier cas, le nombre eût fini par l'emporter, car ce facteur a plus d'importance encore sur mer que sur terre, puisque, la retraite étant impossible, tout se résume à ceci : sauter ou se rendre.

Une heure après que le brouillard se fut dissipé, la flottille avait sensiblement gagné sur la corvette, aussi immobile que si elle eût été au mouillage au milieu d'une rade.

Cependant Henry d'Albaret ne cessait d'observer la marche et la manœuvre des pirates. Le branle-bas avait été fait rapidement à son bord. Tous, officiers et matelots, étaient à leur poste de combat. Ceux des passagers qui étaient valides avaient demandé à se battre dans les rangs de l'équipage, et on leur avait donné des armes. Un silence absolu régnait dans la batterie et sur le pont. A peine était-il interrompu par les quelques mots que le commandant échangeait avec le capitaine Todros.

« Nous ne nous laisserons pas aborder, lui disait-il. Attendons que les premiers bâtiments soient à bonne portée, et nous ferons feu de nos canons de tribord.

— Tirerons-nous à couler ou à démâter? demanda le second.

— A couler, » répondit Henry d'Albaret.

C'était le meilleur parti à prendre pour combattre ces pirates, si terribles à l'abordage, et particulièrement ce Sacratif, qui venait de hisser impudemment son pavillon noir. Et, s'il l'avait fait, c'est qu'il comptait, sans doute, que pas un seul homme de la corvette ne survivrait, qui se pourrait vanter de l'avoir vu face à face.

Vers une heure après midi, la flottille ne se trouvait plus qu'à un mille au vent. Elle continuait de s'approcher à l'aide de ses avirons. La *Syphanta*, le cap au nord-ouest, ne se maintenait pas sans peine à cette aire du compas. Les pirates marchaient sur elle en ligne de bataille, — deux des bricks au milieu de la ligne, et les deux autres à chaque extrémité. Ils manœuvraient de manière à tourner la corvette par l'avant et par l'arrière, afin de l'envelopper dans une circonférence, dont le rayon diminuerait peu à peu. Leur but était évidemment de l'écraser d'abord sous des feux convergents, puis de l'enlever à l'abordage.

Henry d'Albaret avait bien compris cette manœuvre, si périlleuse pour lui, et il ne pouvait l'empêcher, puisqu'il était condamné à l'immobilité. Mais peut-être parviendrait-il à briser cette ligne à coups de canon, avant qu'elle ne l'eût enveloppé de toutes parts. Déjà, même, les officiers se demandaient pourquoi leur commandant, de cette voix ferme et calme qu'on lui connaissait, n'envoyait pas l'ordre d'ouvrir le feu.

Non! Henry d'Albaret entendait ne frapper qu'à coup sûr, et il voulait se laisser approcher à bonne portée.

Dix minutes s'écoulèrent encore. Tous attendaient, les pointeurs, l'œil à la culasse de leurs canons, les officiers de la batterie, prêts à transmettre les ordres du commandant, les matelots du pont jetant un regard par dessus les pavois. Les premières bordées ne viendraient-elles pas de l'ennemi, maintenant que la distance lui permettait de le faire utilement ?

Henry d'Albaret se taisait toujours. Il regardait la ligne qui commençait à se courber à ses deux extrémités. Les bricks du centre, — et l'un d'eux était celui qui avait hissé le pavillon noir de Sacratif, — se trouvaient alors à moins d'un mille.

Mais, si le commandant de la *Syphanta* ne se pressait pas de commencer le feu, il ne semblait point que le chef de la flottille fût plus pressé que lui de le faire. Peut-être même prétendait-il accoster la corvette, sans même avoir tiré un seul coup de canon, afin de lancer quelques centaines de ses pirates à l'abordage.

Enfin Henry d'Albaret pensa qu'il ne devait pas attendre plus longtemps. Une dernière risée, qui vint jusqu'à la corvette, lui permit d'arriver d'un quart. Après avoir rectifié sa position, de manière à bien avoir les deux bricks par le travers, à moins d'un demi-mille :

« Attention sur le pont et dans la batterie ! » cria-il.

Un léger bruissement se fit entendre à bord, et fut suivi d'un silence absolu.

« A couler ! » dit Henry d'Albaret.

L'ordre fut aussitôt répété par les officiers, et les pointeurs de la batterie visèrent soigneusement la coque des deux bricks, tandis que ceux du pont visaient la mâture.

« Feu ! » cria le commandant d'Albaret.

La bordée de tribord éclata. Du pont et de la batterie de la corvette, onze canons et trois caronades vomirent leurs projectiles, et entre autres, plusieurs paires de ces boulets ramés, qui sont disposés pour obtenir un démâtage à moyenne distance.

Dès que les vapeurs de la poudre, repoussées en arrière, eurent démasqué l'horizon, l'effet, produit par cette décharge sur les deux bâtiments, put être immédiatement constaté. Il n'était pas complet, mais ne laissait pas d'être important.

Un des deux bricks, qui occupaient le centre de la ligne, avait été atteint au-dessus de la flottaison. En outre, plusieurs de ses haubans et galhaubans ayant été coupés, son mât de misaine, entamé à quelques pieds au-dessus du pont, venait de tomber en avant, brisant du même coup la flèche du grand mât. Dans ces conditions, ce brick allait perdre quelque temps à réparer ses avaries; mais il pouvait toujours porter sur la corvette. Le danger qu'elle courait d'être cernée, n'était donc pas atténué par ce début du combat.

En effet, les deux autres bricks, placés à l'extrémité de l'aile droite et de l'aile gauche, étaient maintenant arrivés à hauteur de la *Syphanta*. De là, ils commençaient à se rabattre sur elle en dépendant; mais ils ne le firent pas sans l'avoir saluée d'une bordée d'enfilade qu'il lui était impossible d'éviter.

Il y eut là un double coup malheureux. Le mât d'artimon de la corvette fut coupé à la hauteur des jottereaux. Tout le phare de l'arrière s'abattit en pagaïe, par bonheur, sans rien entraîner du gréement du grand mât. En même temps, les drômes et une embarcation étaient fracassées. Ce qu'il y eut de plus regrettable, ce fut la mort d'un officier et de deux matelots, tués sur le coup, sans compter trois ou quatre autres, grièvement blessés, que l'on transporta dans le faux-pont.

Aussitôt Henry d'Albaret donna des ordres pour que le déblaiement de la dunette se fit sans retard. Agrès, voiles, débris de vergues, espars, furent enlevés en quelques minutes. La place redevint libre et praticable. C'est qu'il n'y avait pas un instant à perdre. Le combat d'artillerie allait recommencer avec plus de violence. La corvette, prise entre deux feux, serait obligée à résister des deux bords.

A ce moment, une nouvelle bordée fut envoyée par la *Syphanta*, et si bien pointée, cette fois, que deux bâtiments de la flotille, — un des senaux et une saïque, — atteints en plein bois au-dessous de la ligne de flottaison, coulèrent en quelques instants. Les équipages n'eurent que le temps de se jeter dans les embarcations, afin de regagner les deux bricks du centre, où ils furent aussitôt recueillis.

« Hurrah! Hurrah! »

Ce fut le cri des matelots de la corvette, après ce coup double qui faisait honneur à ses chefs de pièce.

« Deux de coulés! dit le capitaine Todros.

— Oui, répondit Henry d'Albaret, mais les coquins, qui les montaient, ont pu embarquer à bord des bricks, et je redoute toujours un abordage qui leur donnerait l'avantage du nombre! »

Pendant un quart d'heure encore, la canonnade continua de part et d'autre. Les navires pirates, aussi bien que la corvette, disparaissaient au milieu des vapeurs blanches de la poudre, et il fallait attendre qu'elles se fussent dissipées pour reconnaître le mal que l'on s'était fait réciproquement. Par malheur, ce mal n'était que trop sensible à bord de la *Syphanta*. Plusieurs matelots avaient été tués; d'autres, en plus grand nombre, étaient grièvement blessés. Un officier français, frappé en pleine poitrine, venait de tomber, au moment où le commandant lui donnait ses ordres.

Les morts et les blessés furent aussitôt descendus dans le faux-pont. Déjà le chirurgien et ses aides ne pouvaient suffire aux pansements et aux opérations, que nécessitait l'état de ceux qui avaient été frappés directement par les projectiles, ou indirectement par les éclats de bois sur le pont et dans la batterie. Si la mousqueterie n'avait pas encore parlé entre ces bâtiments qui se tenaient toujours à demi-portée de canon, s'il n'y avait ni balle, ni biscaïen à extraire, les blessures n'en étaient pas moins graves, en même temps que plus horribles.

En cette occasion, les femmes, qui avaient été confinées dans la cale, ne faillirent point à leur devoir. Hadjine Elizundo leur donna l'exemple. Toutes s'empressèrent à donner leurs soins aux blessés, les encourageant, les réconfortant.

Ce fut alors que la vieille prisonnière de Scarpanto quitta son obscure retraite. La vue du sang n'était pas pour l'effrayer, et, sans doute, les hasards de sa vie l'avaient déjà conduite sur plus d'un champ de bataille. A la lueur des lampes du faux-pont, elle se pencha au chevet des cadres où reposaient les blessés, elle prêta la main aux opérations les plus douloureuses, et, lorsqu'une nouvelle bordée faisait trembler la corvette jusque dans ses carlingues, pas un mouvement de ses yeux n'indiquait que ces effroyables détonations l'eussent fait tressaillir.

Cependant, l'heure approchait où l'équipage de la *Syphanta* allait être obligé de lutter à l'arme blanche contre les pirates. Leur ligne s'était refermée, leur cercle se rétrécissait. La corvette devenait le point de mire de tous ces feux convergents.

Mais elle se défendait bien pour l'honneur du pavillon qui battait toujours à sa corne. Son artillerie faisait de grands ravages à bord de la flottille. Deux autres bâtiments, une saïque et une felouque, furent encore détruits. L'une coula. L'autre, percée de boulets rouges, ne tarda pas à disparaître au milieu des flammes.

Toutefois, l'abordage était inévitable. La *Syphanta* n'eût pu l'éviter qu'en forçant la ligne qui l'entourait. Faute de vent, elle ne le pouvait pas, tandis que les pirates, mus par leurs avirons de galère, s'approchaient en resserrant leur cercle.

Le brick au pavillon noir n'était plus qu'à une portée de pistolet, quand il lâcha toute sa bordée. Un boulet vint frapper les ferrures de l'étambot à l'arrière de la corvette, et la démonta de son gouvernail.

Henry d'Albaret se prépara donc à recevoir l'assaut des pirates et fit hisser ses filets de casse-tête et d'abordage. Maintenant, c'était la mousqueterie qui éclatait de part et d'autre. Pierriers et espingoles, mousquets et pistolets, faisaient pleuvoir une grêle de balles sur le pont de la *Syphanta*. Bien des hommes tombèrent encore, presque tous frappés mortellement. Vingt fois, Henry d'Albaret faillit être atteint ; mais, immobile et calme sur son banc de quart, il donnait ses ordres avec le même sang-froid que s'il eût commandé une salve d'honneur dans une revue d'escadre.

En ce moment, à travers les déchirures de la fumée, les équipages ennemis pouvaient se voir face à face. On entendait les horribles imprécations des bandits. A bord du brick au pavillon noir, Henry d'Albaret cherchait en vain à apercevoir ce Sacratif, dont le nom seul était une épouvante dans tout l'Archipel.

Ce fut alors que, par tribord et par babord, ce brick et un de de ceux qui avaient refermé la ligne, soutenus un peu en arrière par les autres bâti-

« A l'abordage! » (Page 185.)

ments, vinrent élonger la corvette, dont les précintes gémirent à cette pression. Les grappins, lancés à propos, s'accrochèrent au gréement et lièrent les
trois navires. Leurs canons durent se taire ; mais, comme les sabords de la
Syphanta étaient autant de brèches ouvertes aux pirates, les servants restèrent
à leur poste pour les défendre à coup de haches, de pistolets et de piques.
Tel était l'ordre du commandant, — ordre qui fut envoyé dans la batterie, au
moment où les deux bricks venaient de l'accoster.

Soudain, un cri éclata de toutes parts, et avec une telle violence qu'il
domina un instant les fracas de la mousqueterie.

Les hommes de la *Syphanta* durent reculer sous l'avalanche. (Page 187.)

« A l'abordage! A l'abordage! »

Ce combat, corps à corps, devint alors effroyable. Ni les décharges d'espingoles, de pierriers et de fusils, ni les coups de haches et de piques, ne purent empêcher ces enragés, ivres de fureur, avides de sang, de prendre pied sur la corvette. De leurs hunes, ils faisaient un feu plongeant de grenades, qui rendait intenable le pont de la *Syphanta*, bien qu'elle aussi leur répondit de ses hunes par la main de ses gabiers. Henry d'Albaret se vit assailli de tous côtés. Ses bastingages, bien qu'ils fussent plus élevés que ceux des bricks, furent emportés d'assaut. Les forbans passaient de vergues en vergues, et, trouvant

24

les filets de casse-tête, se laissaient affaler sur le pont. Qu'importait que quelques-uns fussent tués avant de l'atteindre! Leur nombre était tel qu'il n'y paraissait pas.

L'équipage de la corvette, réduit maintenant à moins de deux cents hommes valides, avait à se battre contre plus de six cents.

En effet, les deux bricks servaient incessamment de passage à de nouveaux assaillants, amenés par les embarcations de la flottille. C'était une masse à laquelle il était presque impossible de résister. Le sang ne tarda pas à couler à flots sur le pont de la *Syphanta*. Les blessés, dans les convulsions de l'agonie, se redressaient encore pour donner un dernier coup de pistolet ou de poignard. Tout était confusion au milieu de la fumée. Mais le pavillon corfiote ne s'abaisserait pas tant qu'il resterait un homme pour le défendre!

Au plus fort de cette horrible mêlée, Xaris se battait comme un lion. Il n'avait pas quitté la dunette. Vingt fois, sa hache, retenue par l'estrope à son vigoureux poignet, en s'abattant sur la tête d'un pirate, sauva de la mort Henry d'Albaret.

Celui-ci, cependant, au milieu de ce trouble, ne pouvant rien contre le nombre, restait toujours maître de lui. A quoi songeait-il? A se rendre? Non. Un officier français ne se rend pas à des pirates. Mais alors, que ferait-il? Imiterait-il cet héroïque Bisson, qui, dix mois auparavant, dans des conditions semblables, s'était fait sauter pour ne pas tomber entre les mains des Turcs? Anéantirait-il, avec la corvette, les deux bricks accrochés à ses flancs? Mais c'était envelopper dans la même destruction les blessés de la *Syphanta*, les prisonniers arrachés à Nicolas Starkos, ces femmes, ces enfants...! C'était Hadjine sacrifiée!... Et ceux qu'épargnerait l'explosion, si Sacratif leur laissait la vie, comment échapperaient-ils, cette fois, aux horreurs de l'esclavage?

« Prenez garde, mon commandant! » s'écria Xaris, qui venait de se jeter au devant lui.

Une seconde de plus, Henry d'Albaret était frappé à mort. Mais Xaris saisit de ses deux mains le pirate qui allait le frapper, et il le précipita dans la mer. Trois fois, d'autres voulurent arriver jusqu'à Henry d'Albaret; trois fois, Xaris les étendit à ses pieds.

Cependant, le pont de la corvette était alors envahi par la masse des assaillants. A peine, quelques détonations se faisaient-elles entendre.

On se battait surtout à l'arme blanche, et les cris dominaient les fracas de la poudre.

Les pirates, déjà maîtres du gaillard d'avant, avaient fini par emporter tout l'espace jusqu'au pied du grand mât. Peu à peu, ils repoussaient l'équipage vers la dunette. Ils étaient dix contre un, — au moins. Comment la résistance eût-elle été possible? Le commandant d'Albaret, s'il eût alors voulu faire sauter sa corvette, n'aurait pas même pu mettre son projet à exécution. Les assaillants occupaient l'entrée des écoutilles et des panneaux qui donnaient accès à l'intérieur. Ils s'étaient répandus dans la batterie et dans l'entrepont, où la lutte continuait avec le même acharnement. Arriver à la soute aux poudres, il n'y fallait plus songer.

D'ailleurs, partout les pirates l'emportaient par leur nombre. Une barrière, faite des corps de leurs camarades blessés ou morts, les séparait seulement de l'arrière de la Syphanta. Les premiers rangs, poussés par les derniers, franchirent cette barrière, après l'avoir rendue plus haute encore, en y entassant d'autres cadavres. Puis, foulant ces corps, les pieds dans le sang, ils se précipitèrent à l'assaut de la dunette.

Là s'étaient rassemblés une cinquantaine d'hommes, et cinq ou six officiers avec le capitaine Todros. Ils entouraient leur commandant, décidés à résister jusqu'à la mort.

Sur cet étroit espace, la lutte fut désespérée. Le pavillon, tombé de la corne de brigantine avec le mât d'artimon, avait été rehissé au bâton de poupe. C'était le dernier poste que l'honneur commandait au dernier homme de défendre.

Mais, si résolue qu'elle fût, que pouvait cette petite troupe contre les cinq ou six cents pirates qui occupaient alors le gaillard d'avant, le pont, les hunes, d'où pleuvait une grêle de grenades? Les équipages de la flottille venaient toujours en aide aux premiers assaillants. C'étaient autant de bandits que le combat n'avait point affaiblis encore, lorsque chaque minute diminuait le nombre des défenseurs de la dunette.

Cette dunette, cependant, c'était comme une forteresse. Il fallut lui donner plusieurs fois l'assaut. On ne saurait dire ce qui fut versé de sang pour la prendre. Elle fut prise, enfin! Les hommes de la Syphanta durent reculer sous l'avalanche jusqu'au couronnement. Là, ils se groupèrent autour du pavillon, auquel ils firent un rempart de leurs corps. Henry d'Albaret, au milieu d'eux, le poignard d'une main, le pistolet de l'autre, porta et lâcha les derniers coups.

Non! Le commandant de la corvette ne se rendit pas! Il fut accablé par le nombre! Alors il voulut mourir... Ce fut en vain! Il semblait que pour ceux qui l'attaquaient, il y eût comme un ordre secret de le prendre vivant, — ordre dont l'exécution coûta la vie à vingt des plus acharnés, sous la hache de Xaris.

Henry d'Albaret fut pris enfin avec ceux de ses officiers qui avaient survécu à ses côtés. Xaris et les autres matelots se virent réduits à l'impuissance. Le pavillon de la *Syphanta* cessa de flotter à sa poupe!

En même temps, des cris, des vociférations, des hurrahs, éclatèrent de toutes parts. C'étaient les vainqueurs qui hurlaient pour mieux acclamer leur chef :

« Sacratif!... Sacratif! »

Ce chef parut alors au-dessus des bastingages de la corvette. La masse des forbans s'écarta pour lui faire place. Il marcha lentement vers l'arrière, foulant, sans même y prendre garde, les cadavres de ses compagnons. Puis, après avoir monté l'escalier ensanglanté de la dunette, il s'avança vers Henry d'Albaret.

Le commandant de la *Syphanta* put voir enfin celui que la tourbe des pirates venait de saluer de ce nom de Sacratif.

C'était Nicolas Starkos.

XV

DÉNOUEMENT.

Le combat entre la flottille et la corvette avait duré plus de deux heures et demie. Du côté des assaillants, il fallait compter au moins cent cinquante hommes tués ou blessés, et presque autant de l'équipage de la *Syphanta*, sur deux cent cinquante. Ces chiffres disent avec quel acharnement on s'était battu de part et d'autre. Mais le nombre avait fini par l'emporter sur le courage. La victoire n'avait pas été au bon droit. Henry d'Albaret, ses officiers, ses matelots, ses passagers, étaient maintenant aux mains de l'impitoyable Sacratif.

Sacratif ou Starkos, c'était bien le même homme, en effet. Jusqu'alors, personne n'avait su que, sous ce nom, se cachait un Grec, un enfant du Magne, un traître, gagné à la cause des oppresseurs. Oui! c'était Nicolas Starkos qui commandait cette flottille, dont les épouvantables excès avaient épouvanté ces mers! C'était lui qui joignait à cet infâme métier de pirate un commerce plus infâme encore! C'était lui qui vendait à des barbares, à des infidèles, ses compatriotes échappés à l'égorgement des Turcs! Lui, Sacratif! Et ce nom de guerre, ou plutôt ce nom de piraterie, c'était le nom du fils d'Andronika Starkos!

Sacratif, — il faut l'appeler ainsi maintenant, — Sacratif, depuis bien des années, avait établi le centre de ses opérations dans l'île de Scarpanto. Là, au fond des criques inconnues de la côte orientale, on eût trouvé les principales stations de sa flottille. Là, des compagnons, sans foi ni loi, qui lui obéissaient aveuglément, auxquels il pouvait tout demander en fait de violence et d'audace, formaient les équipages d'une vingtaine de bâtiments, dont le commandement lui appartenait sans conteste.

Après son départ de Corfou à bord de la *Karysta*, Sacratif avait directement fait voile pour Scarpanto. Son dessein était de reprendre ses campagnes dans l'Archipel, avec l'espoir de rencontrer la corvette, qu'il avait vue appareiller pour prendre la mer et dont il connaissait la destination. Cependant, tout en s'occupant de la *Syphanta*, il ne renonçait pas à retrouver Hadjine Elizundo et ses millions, pas plus qu'il ne renonçait à se venger d'Henry d'Albaret.

La flottille des pirates se mit donc à la recherche de la corvette; mais, bien que Sacratif eût entendu souvent parler d'elle et des représailles qu'elle avait infligées aux écumeurs du nord de l'Archipel, il ne parvint pas à tomber sur ses traces. Ce n'était point lui, comme on l'avait dit, qui commandait à ce combat de Lemnos, où le capitaine Stradena trouva la mort; mais c'était bien lui qui s'était enfui du port de Thasos sur la sacolève, à la faveur de la bataille que la corvette livrait en vue du port. Seulement, à cette époque, il ignorait encore que la *Syphanta* fût passée sous le commandement d'Henry d'Albaret, et il ne l'apprit que lorsqu'il le vit sur le marché de Scarpanto.

Sacratif, en quittant Thasos, était venu relâcher à Syra, et il n'avait quitté cette île que quarante-huit heures avant l'arrivée de la corvette. On ne s'était pas trompé en pensant que la sacolève avait dû faire voile pour la Crète.

Là, dans le port de Grabouse, attendait le brick qui devait ramener Sacratif
à Scarpanto pour y préparer une nouvelle campagne. La corvette l'aperçut peu
après qu'il eût quitté Grabouse et lui donna la chasse, sans pouvoir le rejoindre,
tant sa marche était supérieure.

Sacratif, lui, avait bien reconnu la *Syphanta*. Courir sur elle, tenter de l'enlever à l'abordage, satisfaire sa haine en la détruisant, telle avait été sa pensée
tout d'abord. Mais, réflexion faite, il se dit que mieux valait se laisser poursuivre le long du littoral de la Crète, entraîner la corvette jusqu'aux parages
de Scarpanto, puis disparaître dans un de ces refuges que lui seul connaissait.

C'est ce qui fut fait, et le chef des pirates s'occupait à mettre sa flottille
en mesure d'attaquer la *Syphanta*, lorsque les circonstances précipitèrent le
dénouement de ce drame.

On sait ce qui s'était passé, on sait pourquoi Sacratif était venu au marché
d'Arkassa, on sait comment, après avoir retrouvé Hadjine Elizundo parmi les
prisonniers du batistan, il se vit en face d'Henry d'Albaret, le commandant
de la corvette.

Sacratif, croyant qu'Hadjine Elizundo était toujours la riche héritière du
banquier corfiote, avait voulu à tout prix en devenir le maître... L'intervention
d'Henry d'Albaret fit échouer sa tentative.

Plus décidé que jamais à s'emparer d'Hadjine Elizundo, à se venger de
son rival, à détruire la corvette, Sacratif entraîna Skopélo et revint à la côte
ouest de l'île. Qu'Henry d'Albaret eût la pensée de quitter immédiatement
Scarpanto afin de rapatrier les prisonniers, cela ne pouvait faire doute. La
flottille avait donc été réunie presque au complet, et, dès le lendemain. elle
reprenait la mer. Les circonstances ayant favorisé sa marche, la *Syphanta*
était tombée en son pouvoir.

Lorsque Sacratif mit le pied sur le pont de la corvette, il était trois heures
du soir. La brise commençait à fraîchir, ce qui permit aux autres navires de
reprendre leur poste de manière à toujours conserver la *Syphanta* sous le
feu de leurs canons. Quant aux deux bricks, attachés à ses flancs, ils durent
attendre que leur chef fût disposé à s'y embarquer.

Mais, en ce moment, il n'y songeait pas, et une centaine de pirates restèrent
avec lui à bord de la corvette.

Sacratif n'avait pas encore adressé la parole au commandant d'Albaret. Il
s'était contenté d'échanger quelques paroles avec Skopélo qui fit conduire

les prisonniers, officiers et matelots, vers les écoutilles. Là, on les réunit à ceux de leurs compagnons qui avaient été pris dans la batterie et dans l'entrepont; puis, tous furent contraints de descendre au fond de la cale, dont les panneaux se refermèrent sur eux. Quel sort leur réservait-on? Sans doute, une mort horrible qui les anéantirait en détruisant la *Syphanta!*

Il ne restait plus alors sur la dunette qu'Henry d'Albaret et le capitaine Todros, désarmés, attachés, gardés à vue.

Sacratif, entouré d'une douzaine de ses plus farouches pirates, fit un pas vers eux.

« Je ne savais pas, dit-il, que la *Syphanta* fût commandée par Henry d'Albaret! Si je l'avais su, je n'aurais pas hésité à lui offrir le combat dans les mers de Crète, et il ne fût pas allé faire concurrence aux Pères de la Merci sur le marché de Scarpanto!

— Si Nicolas Starkos nous eût attendus dans les mers de Crète, répondit le commandant d'Albaret, il serait déjà pendu à la vergue de misaine de la *Syphanta!*

— Vraiment? reprit Sacratif. Une justice expéditive et sommaire ..

— Oui!... la justice qui convient à un chef de pirates!

— Prenez garde, Henry d'Albaret, s'écria Sacratif, prenez garde! Votre vergue de misaine est encore au mât de la corvette, et je n'ai qu'à faire un signe...

— Faites!

— On ne pend pas un officier! s'écria le capitaine Todros, on le fusille! Cette mort infamante...

— N'est-ce pas la seule que puisse donner un infâme! » répondit Henry d'Albaret.

Sur ce dernier mot, Sacratif, fit un geste dont les pirates ne savaient que trop la signification.

C'était un arrêt de mort.

Cinq ou six hommes se jetèrent sur Henry d'Albaret, tandis que les autres retenaient le capitaine Todros qui essayait de briser ses liens.

Le commandant de la *Syphanta* fut entraîné vers l'avant, au milieu des plus abominables vociférations. Déjà un cartahut avait été envoyé de l'empointure de la vergue, et il ne s'en fallait plus que de quelques secondes que l'infâme exécution se fût accomplie sur la personne d'un officier français, lorsqu'Hadjine Elizundo parut sur le pont.

La jeune fille se pressa plus étroitement contre Henry d'Albaret. (Page 194.)

La jeune fille avait été amenée par ordre de Sacratif. Elle savait que le chef de ces pirates, c'était Nicolas Starkos. Mais ni son calme ni sa fierté ne devaient lui faire défaut.

Et d'abord, ses yeux cherchèrent Henry d'Albaret. Elle ignorait s'il avait survécu au milieu de son équipage décimé. Elle l'aperçut!... Il était vivant... vivant, au moment de subir le dernier supplice!

Hadjine Elizundo courut à lui en s'écriant :

« Henry!... Henry!... »

Les pirates allaient les séparer, lorsque Sacratif, qui se dirigeait vers l'avant

Andronika poussa un cri. (Page 196.)

de la corvette, s'arrêta à quelques pas d'Hadjine et d'Henry d'Albaret. Il les regarda tous deux avec une ironie cruelle.

« Voilà Hadjine Elizundo entre les mains de Nicolas Starkos! dit-il en se croisant les bras. J'ai donc en mon pouvoir l'héritière du riche banquier de Corfou!

— L'héritière du banquier de Corfou, mais non l'héritage! » répondit froidement Hadjine.

Cette distinction, Sacratif ne pouvait la comprendre. Aussi reprit-il en disant :

« J'aime à croire que la fiancée de Nicolas Starkos ne lui refusera pas sa main en le retrouvant sous le nom de Sacratif!

— Moi! s'écria Hadjine.

— Vous! répondit Sacratif avec plus d'ironie encore. Que vous soyez reconnaissante envers le généreux commandant de la *Syphanta* de ce qu'il a fait en vous rachetant, c'est bien. Mais ce qu'il a fait, j'ai tenté de le faire! C'était pour vous, non pour ces prisonniers, dont je me soucie peu, oui! pour vous seule, que je sacrifiais toute ma fortune! Un instant de plus, belle Hadjine, et je devenais votre maître... ou plutôt votre esclave! »

En parlant ainsi, Sacratif fit un pas en avant. La jeune fille se pressa plus étroitement contre Henry d'Albaret.

« Misérable! s'écria-t-elle.

— Eh oui! bien misérable, Hadjine, répondit Sacratif. Aussi, est-ce sur vos millions que je compte pour m'arracher à la misère! »

A ces mots, la jeune fille s'avança vers Sacratif:

« Nicolas Starkos, dit-elle d'une voix calme, Hadjine Elizundo n'a plus rien de la fortune que vous convoitiez! Cette fortune, elle l'a dépensée à réparer le mal que son père avait fait pour l'acquérir! Nicolas Starkos, Hadjine Elizundo est plus pauvre, maintenant, que le dernier de ces malheureux que la *Syphanta* ramenait à leur pays! »

Cette révélation inattendue produisit un revirement chez Sacratif. Son attitude changea subitement. Dans ses yeux brilla un éclair de fureur. Oui! il comptait encore sur ces millions qu'Hadjine Elizundo eût sacrifiés pour sauver la vie d'Henry d'Albaret! Et de ces millions, — elle venait de le dire avec un accent de vérité qui ne pouvait laisser aucun doute, — il ne lui restait plus rien!

Sacratif regardait Hadjine; il regardait Henry d'Albaret. Skopélo l'observait, le connaissant assez pour savoir quel serait le dénoûment de ce drame. D'ailleurs, les ordres relatifs à la destruction de la corvette lui avaient été déjà donnés, et il n'attendait qu'un signe pour les mettre à exécution.

Sacratif se retourna vers lui.

« Va, Skopélo! » dit-il.

Skopélo, suivi de quelques-uns de ses compagnons, descendit l'escalier qui conduisait à la batterie, et se dirigea du côté de la soute aux poudres, située à l'arrière de la *Syphanta*.

En même temps, Sacratif ordonnait aux pirates de repasser à bord des bricks, encore attachés aux flancs de la corvette.

Henry d'Albaret avait compris. Ce n'était plus par sa mort seulement que Sacratif allait satisfaire sa vengeance. Des centaines de malheureux étaient condamnés à périr avec lui pour assouvir plus complètement la haine de ce monstre !

Déjà les deux bricks venaient de larguer leurs grappins d'abordage, et ils commencèrent à s'éloigner en éventant quelques voiles qu'aidaient leurs avirons de galère. De tous les pirates, il ne restait plus qu'une vingtaine à bord de la corvette. Leurs embarcations attendaient le long de la *Syphanta* que Sacratif leur ordonnât d'y descendre avec lui.

En ce moment, Skopélo et ses hommes reparurent sur le pont.

« Embarque ! dit Skopélo.

— Embarque ! s'écria Sacratif d'une voix terrible. Dans quelques minutes, il ne restera plus rien de ce navire maudit ! Ah ! tu ne voulais pas d'une mort infamante, Henry d'Albaret ! Soit ! L'explosion n'épargnera ni les prisonniers, ni l'équipage, ni les officiers de la *Syphanta !* Remercie-moi de te donner une telle mort en si bonne compagnie !

— Oui, remercie le, Henry, dit Hadjine, remercie-le ! Au moins, nous mourrons ensemble !

— Toi, mourir, Hadjine ! répondit Sacratif. Non ! Tu vivras et tu seras mon esclave... mon esclave !.. entends-tu !

— L'infâme ! » s'écria Henry d'Albaret.

La jeune fille s'était plus étroitement attachée à lui. Elle au pouvoir de cet homme !

« Saisissez-la ! ordonna Sacratif

— Et embarque ! ajouta Skopélo. Il n'est que temps ! »

Deux pirates s'étaient jetés sur Hadjine. Ils l'entraînèrent vers la coupée de la corvette.

« Et maintenant, s'écria Sacratif, que tous périssent avec la *Syphanta*, tous...

— Oui !.. tous... et ta mère avec eux ! »

C'était la vieille prisonnière qui venait d'apparaître sur le pont, le visage découvert, cette fois.

« Ma mère !... à bord !... s'écria Sacratif.

— Ta mère, Nicolas Starkos ! répondit Andronika, et c'est de ta main que je vais mourir !

— Qu'on l'entraîne !... Qu'on l'entraîne ! » hurla Sacratif.

Quelques-uns de ses compagnons se précipitèrent sur Andronika.

Mais à ce moment, le pont fut envahi par les survivants de la *Syphanta*. Ils étaient parvenus à briser les panneaux de la cale où on les avait enfermés, et venaient de faire irruption par le gaillard d'avant.

« A moi !... à moi ! » s'écria Sacratif.

Les pirates qui étaient encore sur le pont, entraînés par Skopélo, essayèrent de se porter à son secours. Les marins, armés de haches et de poignards, en eurent raison jusqu'au dernier.

Sacratif se sentit perdu. Mais, du moins, tous ceux qu'il haïssait, allaient périr avec lui !

« Saute donc, corvette maudite, s'écria-t-il, saute donc !

— Sauter !.. Notre *Syphanta*!.. Jamais ! »

C'était Xaris qui apparut, tenant une mèche allumée, arrachée à l'un des tonneaux de la soute aux poudres. Puis, bondissant sur Sacratif, d'un coup de hache, il l'étendit sur le pont.

Andronika poussa un cri. Tout ce qui peut survivre de sentiment maternel dans le cœur d'une mère, même après tant de crimes, avait réagi en elle. Ce coup, qui venait de frapper son fils, elle eût voulu le détourner...

On la vit alors s'approcher du corps de Nicolas Starkos, s'agenouiller, comme pour lui donner un dernier pardon dans un dernier adieu... Puis, elle tomba à son tour.

Henry d'Albaret s'élança vers elle...

« Morte ! dit-il. Que Dieu pardonne au fils par pitié pour la mère ! »

Cependant quelques-uns des pirates, qui étaient dans les embarcations, avaient pu accoster un des bricks. La nouvelle de la mort de Sacratif se répandit aussitôt.

Il fallait le venger, et les canons de la flottille recommencèrent à tonner contre la *Syphanta*.

Ce fut en vain, cette fois. Henry d'Albaret avait repris le commandement de la corvette. Ce qui restait de son équipage — une centaine d'hommes, — se remit aux pièces de la batterie et aux caronades du pont qui répondirent victorieusement aux bordées des pirates.

Bientôt, un des bricks, — celui-là même sur lequel Sacratif avait arboré son pavillon noir, — fut atteint à la ligne de flottaison, et il coula au milieu des horribles imprécations des bandits de son bord.

« Hardi! garçons, hardi! cria Henry d'Albaret. Nous sauverons notré *Syphanta*! »

Et le combat continua de part et d'autre ; mais l'indomptable Sacratif n'était plus là pour entraîner ses pirates, et ils n'osèrent risquer les chances d'un nouvel abordage.

Il ne resta bientôt que cinq bâtiments de toute cette flottille. Les canons de la *Syphanta* pouvaient les couler à distance. Aussi, la brise étant assez forte, ils firent servir et prirent la fuite.

« Vive la Grèce! cria Henry d'Albaret, pendant que les couleurs de la *Syphanta* étaient hissées en tête du grand mât.

— Vive la France! » répondit tout l'équipage, en associant ces deux noms, qui avaient été si étroitement unis pendant la guerre de l'Indépendance.

Il était alors cinq heures du soir. Malgré tant de fatigues, pas un homme ne voulut se reposer avant que la corvette n'eût été mise en état de naviguer. On envergua des voiles de rechange, on jumela les bas-mâts, on établit un mât de fortune pour remplacer l'artimon, on passa de nouvelles drisses, on capela de nouveaux haubans, on répara le gouvernail, et, le soir même, la *Syphanta* reprenait sa route vers le nord-ouest.

Le corps d'Andronika Starkos, déposé sous la dunette, fut gardé avec le respect que commandait le souvenir de son patriotisme. Henry d'Albaret voulait rendre à sa terre natale la dépouille de cette vaillante femme.

Quant au cadavre de Nicolas Starkos, un boulet fut attaché à ses pieds, et il disparut sous les eaux de cet Archipel, que le pirate Sacratif avait troublé par tant de crimes!

Vingt-quatre heures après, le 7 septembre, vers les six heures du soir, la *Syphanta* avait connaissance de l'île d'Egine, et elle entrait dans le port, après une année de croisière qui avait rétabli la sécurité dans les mers de la Grèce.

Là, les passagers firent retentir l'air de mille hurrahs. Puis, Henry d'Albaret fit ses adieux aux officiers de son bord, à son équipage, et il remit au capitaine Todros le commandement de cette corvette, dont Hadjine faisait don au nouveau gouvernement.

Quelques jours après, au milieu d'un grand concours de population, et en présence de l'état-major, de l'équipage et des prisonniers rapatriés par la *Syphanta*, on célébrait le mariage d'Hadjine Elizundo et d'Henry d'Albaret. Le lendemain, tous deux partirent pour la France avec Xaris, qui ne devait plus les quitter; mais ils comptaient revenir en Grèce, dès que les circonstances le permettraient.

D'ailleurs, déjà ces mers, si longtemps troublées, commençaient à redevenir calmes. Les derniers pirates avaient disparu, et la *Syphanta*, sous les ordres du commandant Todros, ne trouva jamais trace de ce pavillon noir, englouti avec Sacratif. Ce n'était plus l'Archipel en feu : c'était l'Archipel, après les dernières flammes éteintes, réouvert au commerce de l'extrême Orient.

Le royaume hellénique, en effet, grâce à l'héroïsme de ses enfants, ne devait pas tarder à prendre place parmi les États libres de l'Europe. Le 22 mars 1829, le sultan signait une convention avec les puissances alliées. Le 22 septembre, la bataille de Pétra assurait la victoire des Grecs. En 1832, le traité de Londres donnait la couronne au prince Othon de Bavière. Le royaume de Grèce était définitivement fondé.

Ce fut vers cette époque qu'Henry et Hadjine d'Albaret revinrent se fixer en ce pays dans une modeste situation de fortune, il est vrai; mais que leur fallait-il de plus pour être heureux, puisque le bonheur était en eux-mêmes!

FIN

TABLE DES MATIÈRES

8138. — SAINT-CLOUD. — IMPRIMERIE BELIN FRÈRES.